玉荷隱語

附群珠集

〔清〕費源 撰

道光十一年刊 聽月樓藏版

責任編輯：莊　劍
責任校對：袁　捷
封面設計：墨創文化
責任印製：王　煒

ISBN 978-7-5690-0859-3

圖書在版編目(CIP)數據

玉荷隱語 /（清）費源撰. —影印本. —成都：
四川大學出版社，2017.7
ISBN 978-7-5690-0859-3

Ⅰ.①玉… Ⅱ.①費… Ⅲ.①謎語-作品集-中國-清代 Ⅳ.①I276.8

中國版本圖書館 CIP 數據核字（2017）第 170801 號

書名　玉荷隱語

撰　者　（清）費　源
出　版　四川大學出版社
地　址　成都市一環路南一段 24 號（610065）
發　行　四川大學出版社
書　號　ISBN 978-7-5690-0859-3
印　刷　虎彩印藝股份有限公司
成品尺寸　210 mm×285 mm
印　張　28
字　數　36 千字
版　次　2017 年 7 月第 1 版
印　次　2017 年 7 月第 1 次印刷
定　價　498.00 圓

◆讀者郵購本書，請與本社發行科聯繫。
電話：(028)85408408/(028)85401670/
(028)85408023　郵政編碼：610065
◆本社圖書如有印裝質量問題，請寄回出版社調換。
◆網址：http://www.scupress.net

出版説明

現代漢語用『圖書』表示文獻的總稱，這一稱謂可以追溯到古史傳説時代的河圖、洛書。在從古到今的文化史中，圖像始終承擔着重要的文化功能。傳説時代的大禹『鑄鼎象物』，將物怪的形象鑄到鼎上，使『民知神奸』。在《周易》中也有『制器尚象』之説。一般而論，文化生活皆有其對應的物质層面的表现。在中國古代文獻研究活動中，學者也多注意器物、圖像的研究，如《詩》中的草木、鳥獸、《山海經》中的神靈物怪，禮儀中的禮器、行禮方位等，學者多畫爲圖像，與文字互相發明，成爲經學研究中的『圖説』類著述。又宋元以後，庶民文化興起，出版業高度發達，版刻印刷益發普及，在普通文獻中也逐漸出現了圖像資料，其中廣泛地涉及植物、動物、日常的物質生產程序與工具、平民教化等多個方面，其中流傳至今者，是我們瞭解古代文化的重要憑藉，通過這些圖文並茂的文本，讀者可以獲得對古代文化生動而直觀的感知。爲了方便讀者利用，我們將古代文獻中有關圖像、版畫、彩色套印本等文獻輯爲叢刊正式出版。

本編選目兼顧文獻學、古代美術、考古、社會史等多種興趣，範圍廣泛，版本選擇也兼顧古代東亞地區漢文化圈的範圍。圖像在古代社會生活中的一大作用涉及平民教化，即古人所謂的『圖像古昔，以當箴規』，（語出何宴《景福殿賦》）明清以來，民間勸善之書，如《陰騭文》、《閨范》等，皆有圖解，其中所宣揚的古代道德意識中的部份條目固然爲我們所不取，甚至是應該批判的對象，但其中多有精美的版畫，除了作爲古代美術史文獻以外，由此也可考見古代一般平民的倫理意識，實爲社會史研究的重要材料。

本編擬目涉及多種類型的文獻，兹輯爲叢刊，然亦以單種別行為主，只有部份社會史性質的文本，因爲篇卷無多，若獨立成册則面臨裝幀等方面的困難，則取同類文本合爲一册。文獻卷首都新編了目錄以便檢索，但爲了避免與書中內容大量重複，無謂地增加篇幅，有部份新編目錄視原書目錄爲簡略，也有部份文本性質特殊，原書中本無卷次目錄之類，則約舉其要，新擬條目，其擬議未必全然恰當。所有文獻皆影印，版式色澤，一存古韻。

目録

第一册

小引……一
自序……一一
凡例……二一
目次……二九
卷一……三一
卷二……一二五
群珠集……二四一
卷一……二四三
卷二……三四一

辛卯新鐫

羣珠集附

玉荷隱語

聽月樓藏版

玉荷隱語小引

今之所謂謎語即古之隱語也自魏代以来化而為謎人皆知其始於黃絹幼婦而不知莊姬龍尾之對臧孫羊裘之辭已為之濫

觴矣至鮑照集則有井字謎永樂初錢唐楊景言以善謎名後成祖召入以備顧問謎之由來尚矣余甥費子星田隱居績學雅好庾詞每遇元夕張燈輒出

新製以資探賞歲月既久
佳搆遂多暇則録成小帙
顏以玉荷隐語復取諸同
人所作擇其言尤雅者名
之曰凖珠集彙為四卷擕
以示余余惟古来謎語流

傳其見于史傳世說語林及稗官小說家言者不可勝紀大約獨造者寔繁用古者蓋寡其故何也剪裁惟我易為工而自然妙會難為巧必所擬之不殊乃

暗合乎曩篇士衡論文云
爾謎亦何獨不然哉今觀
費子之爲謎也採故實於
前代妙通變於寸心離之
則了不相關合之則確不
可易即語助餘敍亦各有

歸宿昔劉舍人有言句有
可削足見其踈字不得減
乃知其家若茲之驅經役
史反正為奇如鬼斧神工
如天造地設蓋一字之增
損有懸千金不可得者矣

夫古人傳豈勝乎古者而
反不傳則自此書一出雖
謂古無謎而今始有謎也
亦奚不可
乾隆庚子春南垞孫祺書
於蘭言書屋

玉荷隱語自序

剪綵逢辰爆竹聲隨臘盡傳柑屆節梅花香逐春来歌

盛世之昇平歡騰蔀屋祝

豐年以大有慶溢元宵
於時結綵幕於通衢糚
成萬卉架蓮燈於永巷
工費千針着蹲舞兮回
波仙童醉酒聽行歌兮

滿路村女採茶月下徘徊喜金吾之不禁風前凝竚孅蓮漏之頻催雜作帷燈犀標隱謎或穿穴經傳或撏撦詩歌或

兼採風謠雅俗何妨共賞或敷求往哲姓名似畏人知爰有博通載籍雅尚風流偕朋好以逍遥角才思之敏捷射標

射覆逞逸興而推敲疑
假疑真寄深情于叅考
作者心原了了猜来想
入非非漏永忘歸欲試
解連環之手更闌不倦

還矜中肯綮之才萬緒紛抽攜去箋詩側理兩心相印贈來管號中書雖鄉曲之閒情寔春宵之韻事也至若故作藏

頭詩句尚為歌後言詞寄意過深尚須註脚引喻太直未免罵題泛扯者既病游移強湊者奚觧翻駁甚而言多侮聖

抑且語出傷人有一於斯豈不謬哉嗟乎茶經觴政佳編已見前人奕譜琴操雅集久傳坊本言辭淺率誠無補于詩

書句讀兮疏聊自娛于
翰墨刪存小帙少資燈
市清談鎸得寸編庶助
藝林佳話㞢
乾隆庚子孟春之望茗南

布衣費源星田氏書於

聽月樓

凡例

一出語不典如經籍所載阿伯那裏去遇丈人之類俚鄙已甚不足悅心祇堪捧腹集中措詞率有典據

一舊謎衍成詩句者類多
趂韻其支詞賸句觀者
尤易眩目且有近牽强
者如毛會侯先生孟子
中人名謎流傳已久而
君家季父還猶豫子叔疑孝

句未免如劉舍人所譏課文了不成義茲集概不敢效顰

一以成句精成句若一字近贅便成白璧微瑕集中所載雖虛字亦不虛

設
一經傳篇章各有區別謎
語中或合數句猜一句
或以一句一字猜數句
勉强附麗畧如習春秋
者之合題是集均從舍

旃

一成語中字同音異者音異即字異不容太涉假借其音同字異及不成字體如舊謎中〻个之類尤所弗尚

◎

一舊謎不少佳者如東宮之爲君子居之亥字之爲一時半刻禽字之爲會少離多掠字之爲半推半就久已膾炙人口不欲掠美竊從割愛

一謎中引用間涉隱僻有謂宜註明出處者余以世多博雅君子不欲以區區貽笑大方故不復註釋

一余成是書聊以自娛因

同好者謬謂典雅清新
可供案頭賞玩輒付剞
劂淺陋之譏知所不免
惟大雅君子諒之

玉荷隱語目次

易経　尚書
詩経　禮記
春秋　四書
左傳　莊子
國策　史記
唐文　正蒙

◎

淮南子　武經
古人名　美人名
詞調名　曲調名
西廂　牡丹亭
地名　藥名
鳥名　一字
俗語

玉荷隱語卷一

茗南費源星田氏撰

西子顰眉

易經一句

湧泉

易經一句

奇懸語一 六

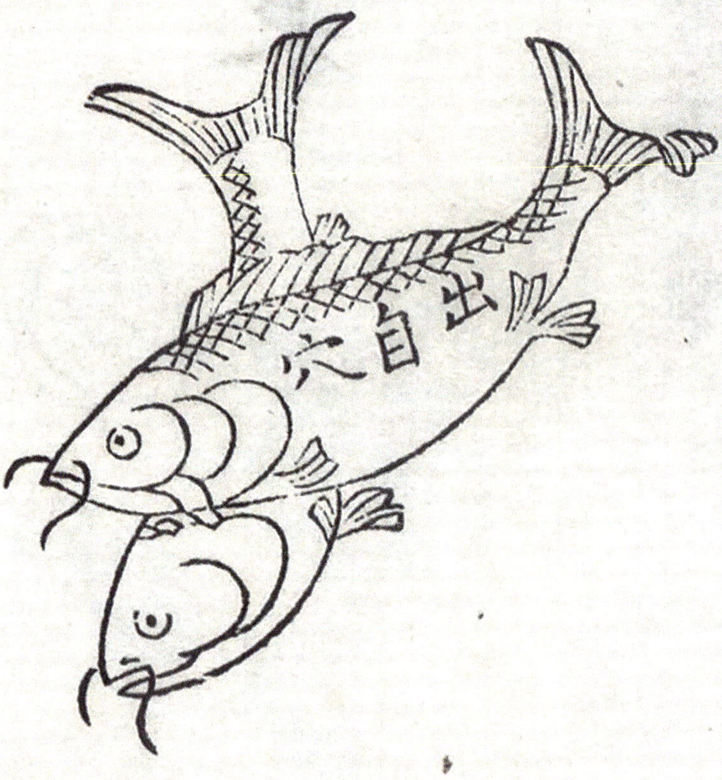
出自穴

版籍

易經一句

◎

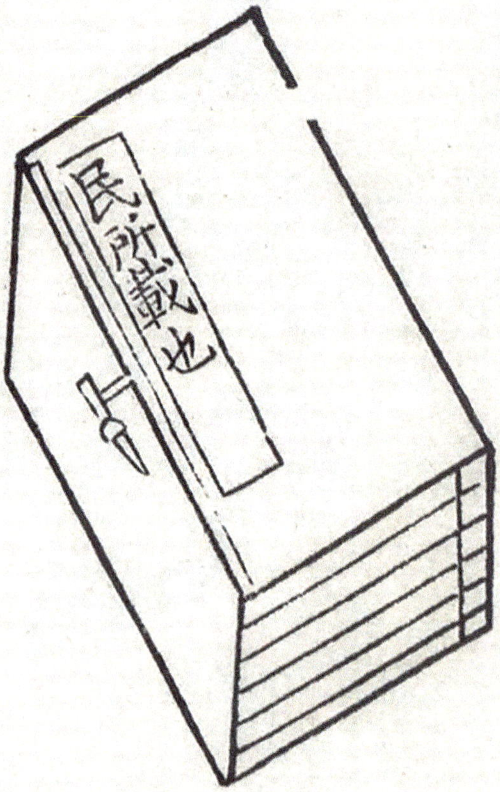
民所載也

贐

易經一句

行人之得

隧

易經一句

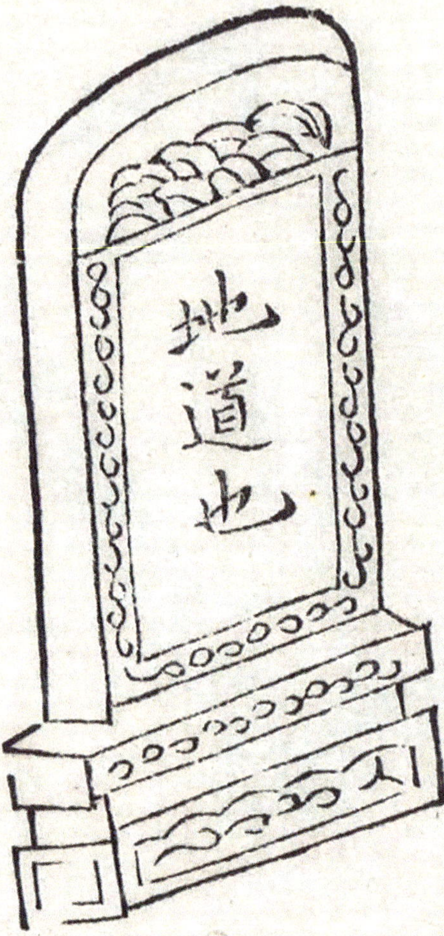
地道也

明武宗

尚書一句

正
德

邑姜治内

尚書一句

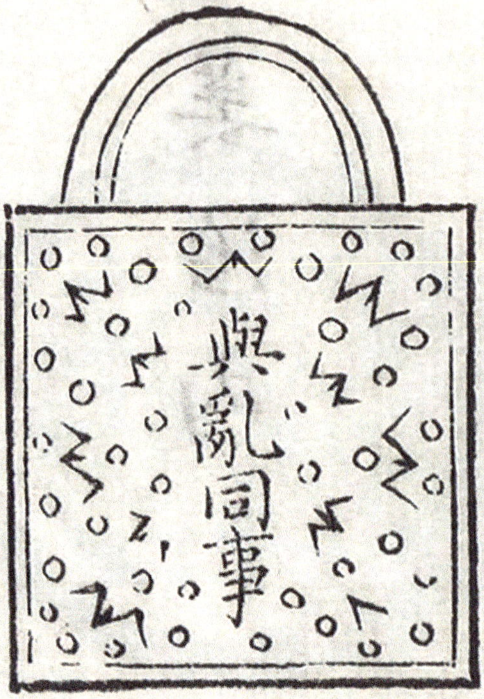
與亂同事

◎

千里鏡

尚書一句

視遠
惟明

達摩渡江

詩經一句

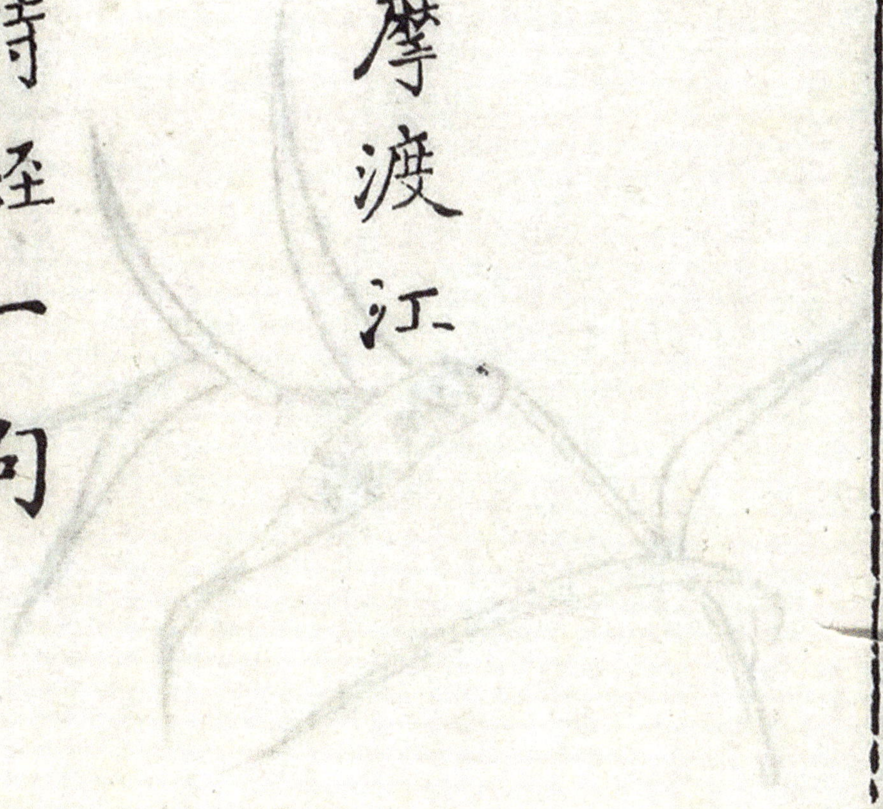

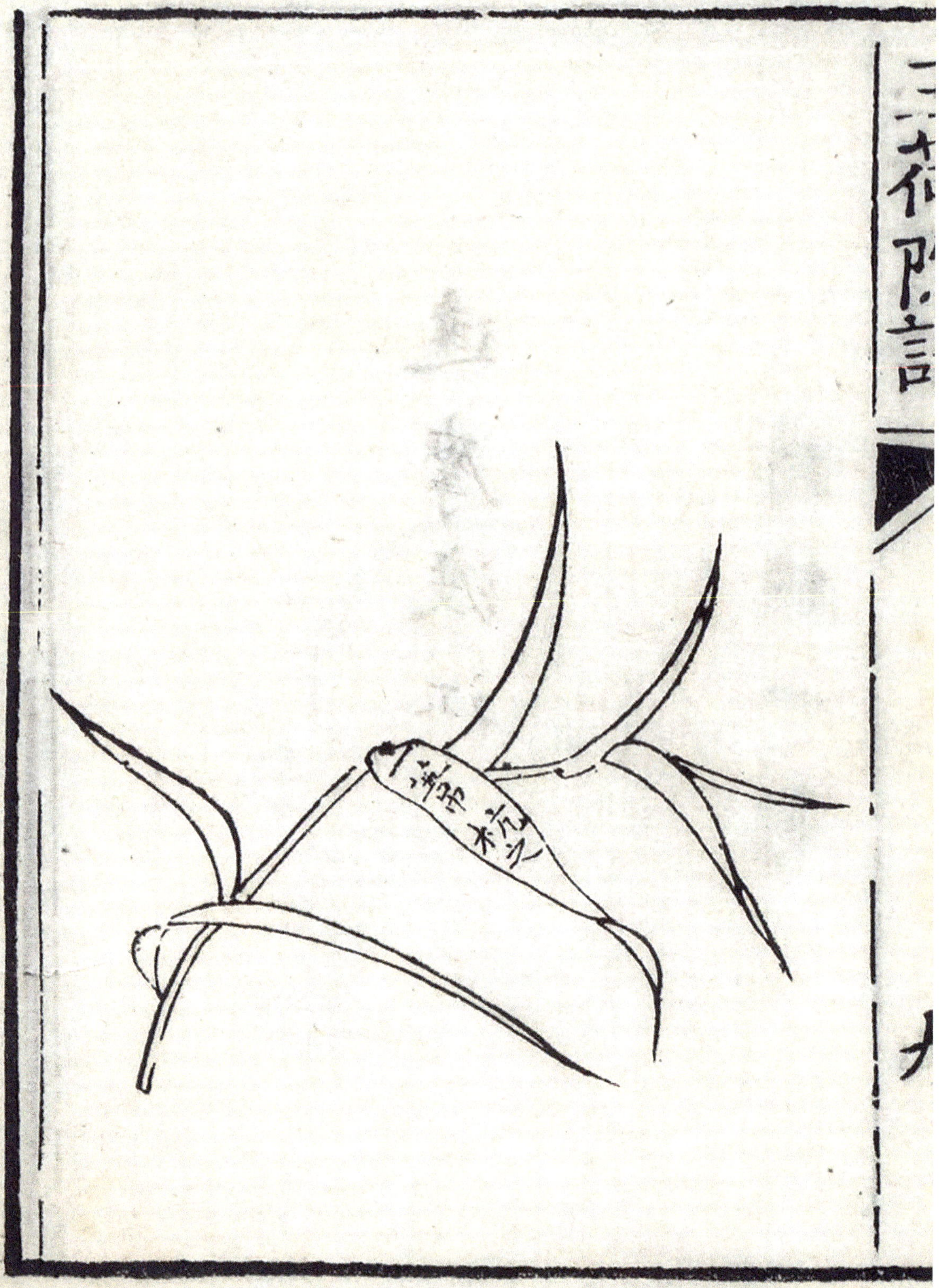

夙

詩經一句

射則貫兮

恥食周粟

詩經一句

言採其薇

九世同居

詩經一句

維

之　忍　忍

其

塞翁吟

詩經一句

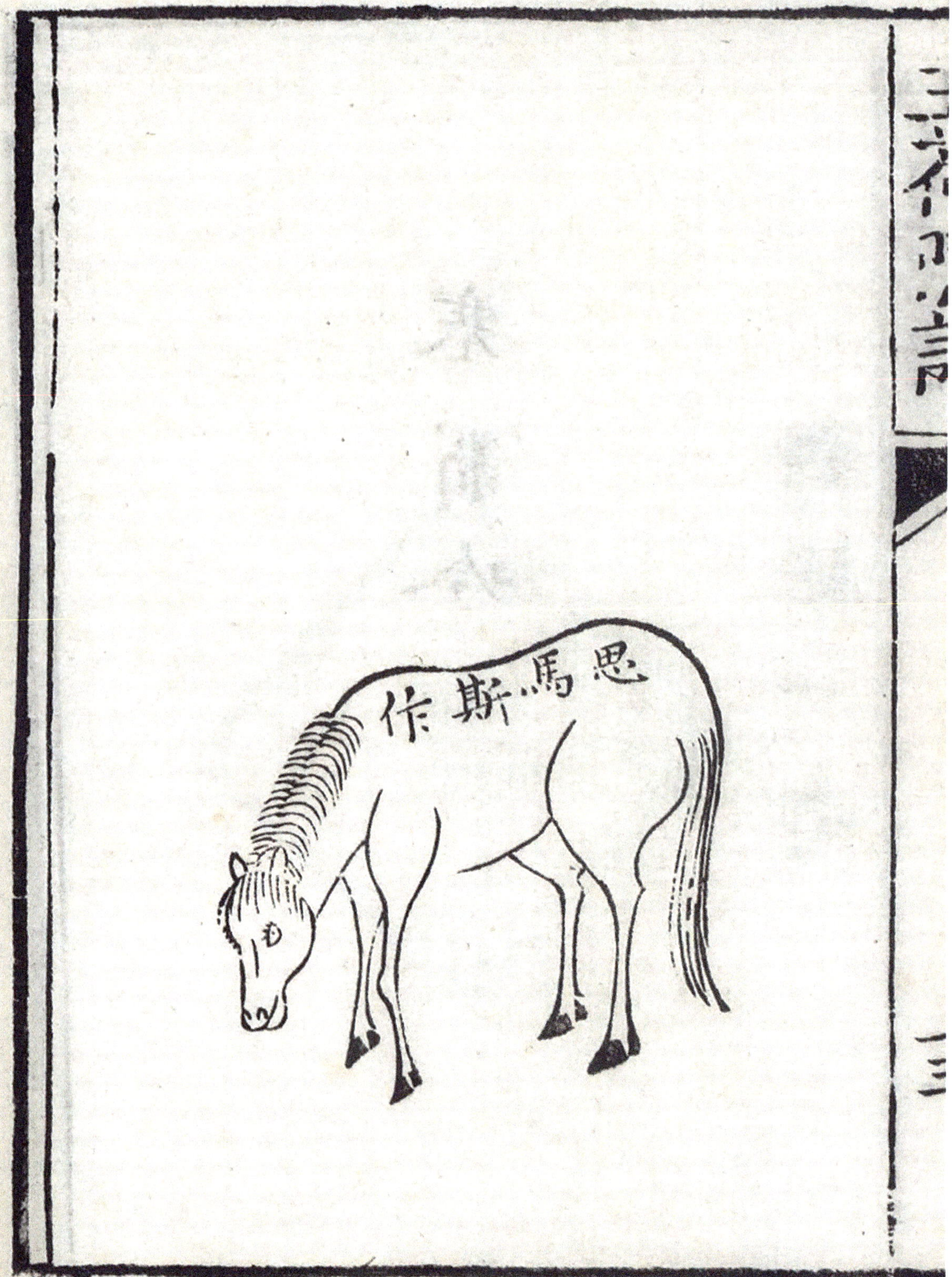
思馬斯作

誤筆成繩
詩經一句

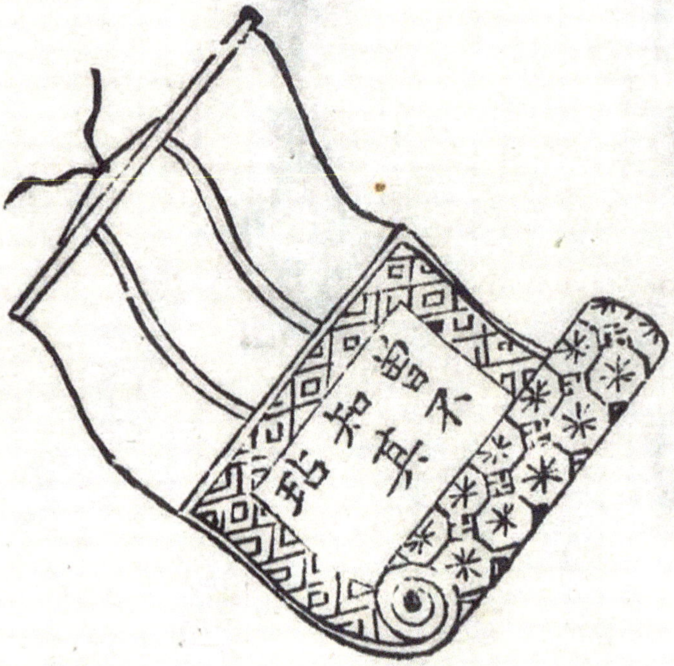
曾不
知其
恥

族譜

詩經一句

在宗載
考

衡玠

詩經一句

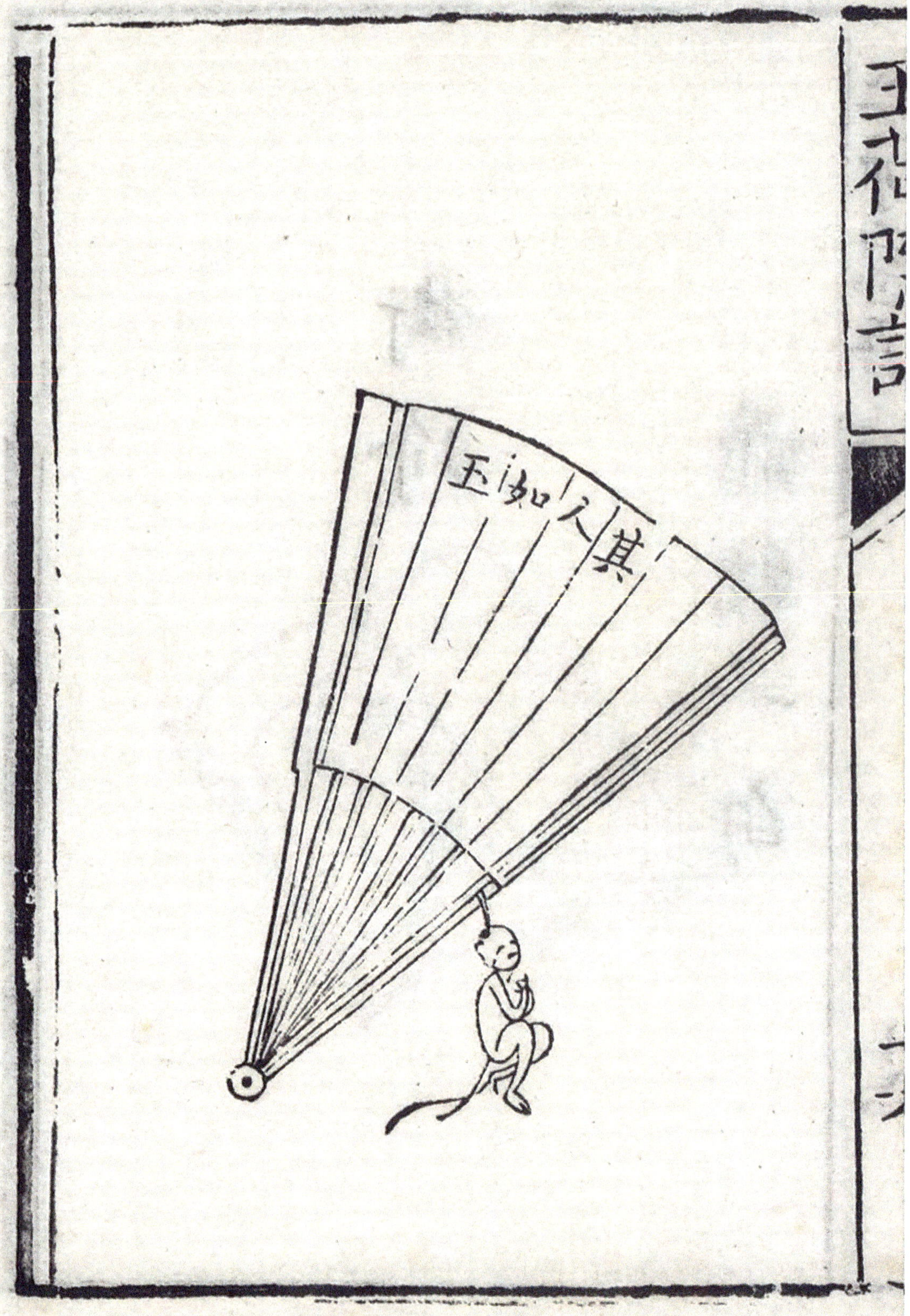
其人如玉

覆之以蕉

詩經一句

野有
死鹿

范少伯泛湖

詩經一句

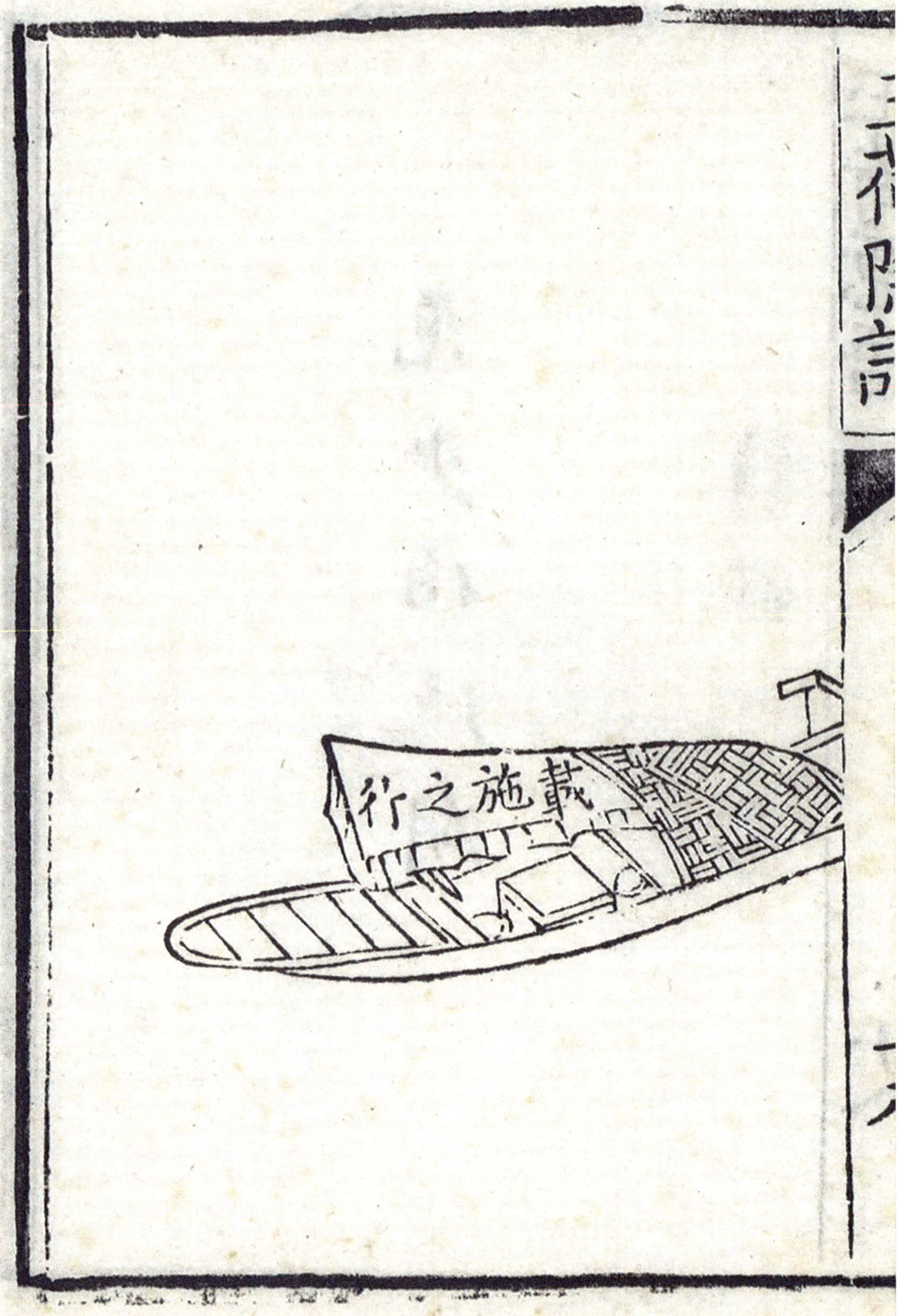
載施之行

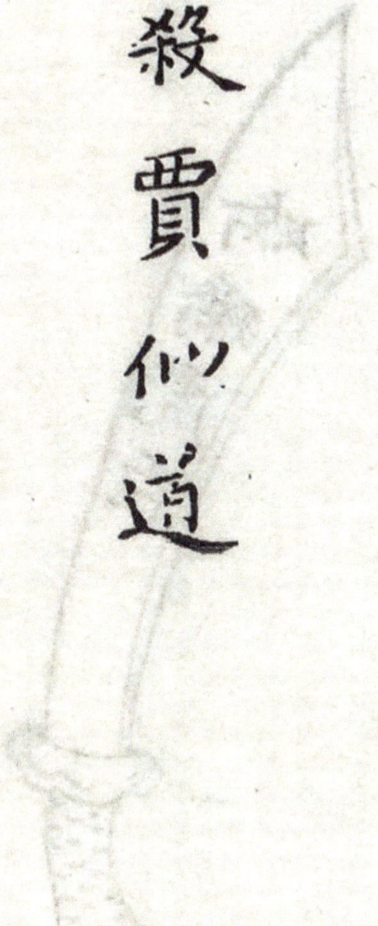

殺賈似道

詩經一句

◎

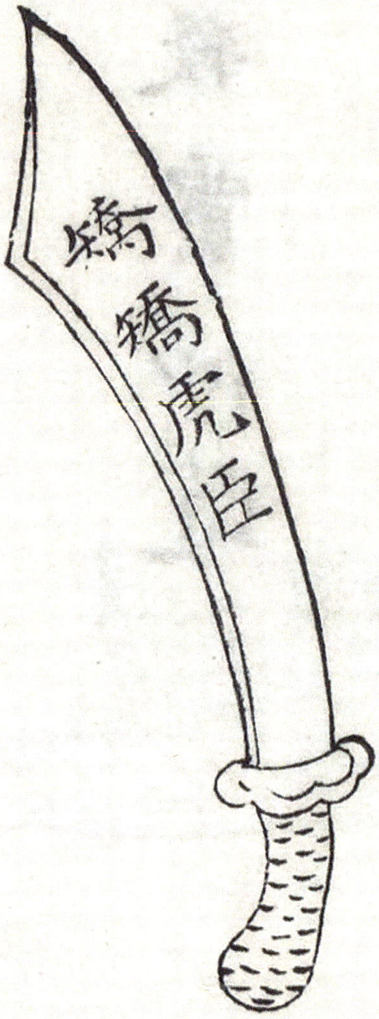
矯矯虎臣

子夏宰莒父

禮記一句

商爲臣

走馬燈

禮記二句

不

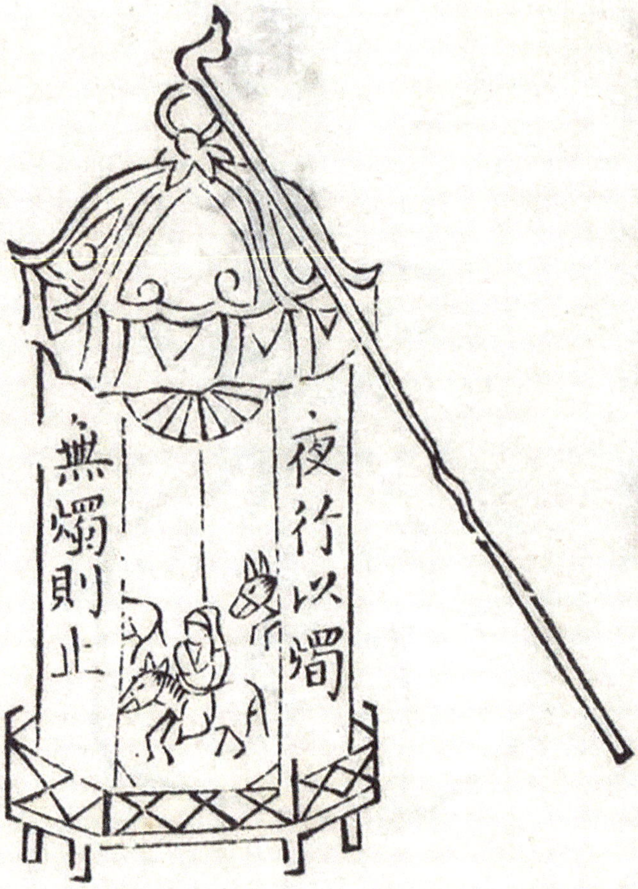
夜行以燭
無燭則止

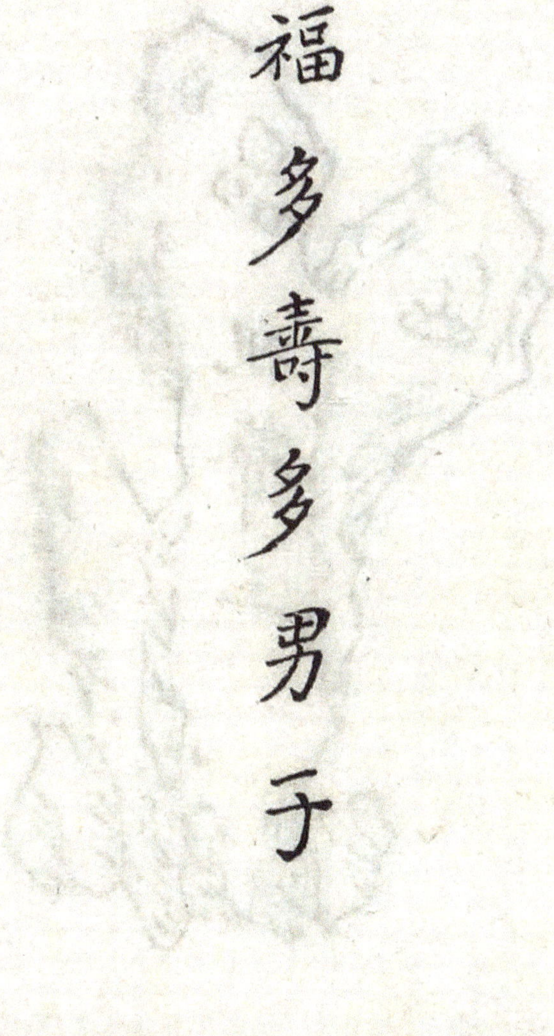

多福多壽多男子

禮記一句

祝聲三

孩

禮記一句

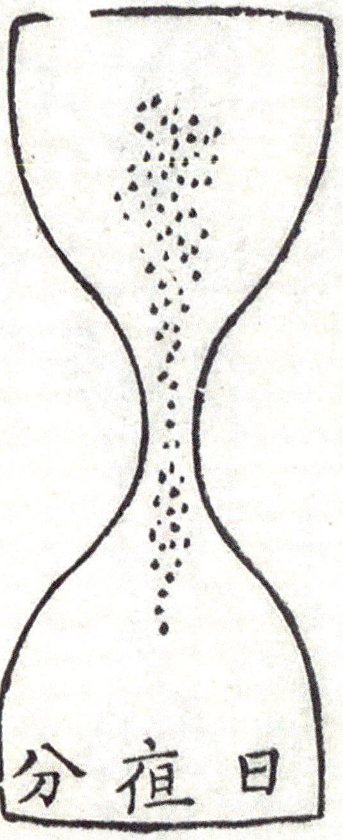
日值分

殘桃遺君

禮記一句

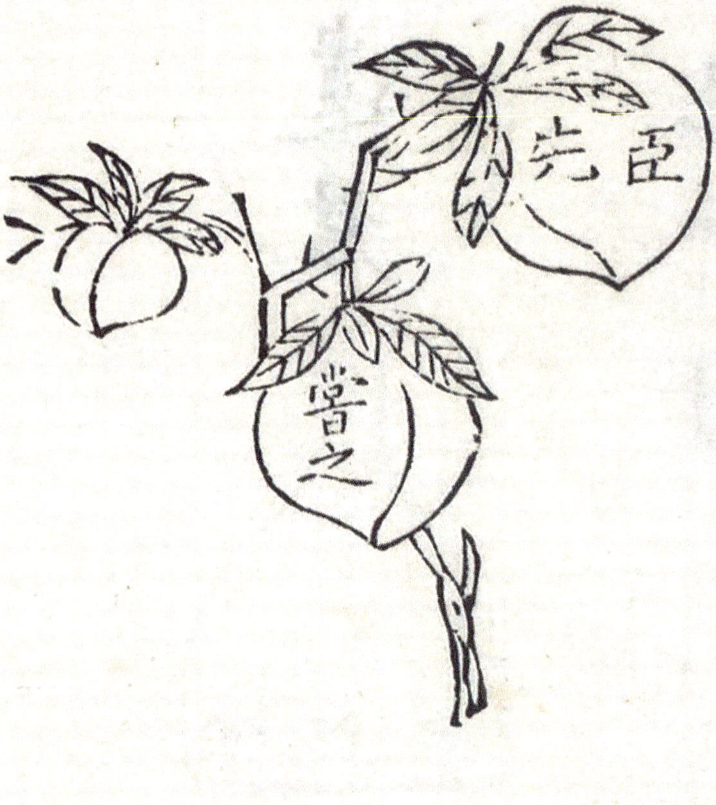
臣先
嘗之

文曲

禮記一句

七星巾

寅賓館

禮記一句

迎乕

孿

春秋一门

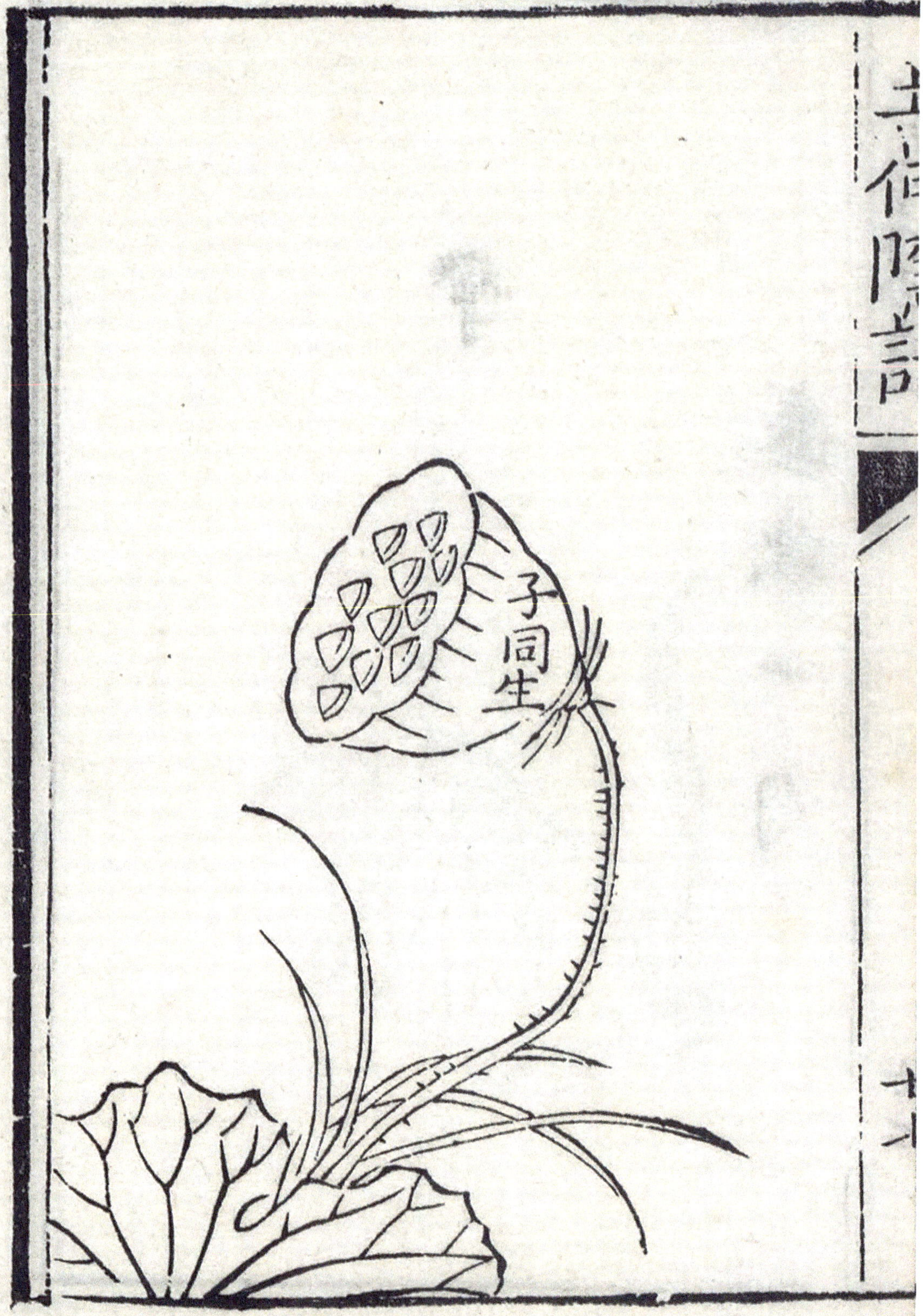
子同生

玉奇窓語

大

⿰糸夬

四書一句

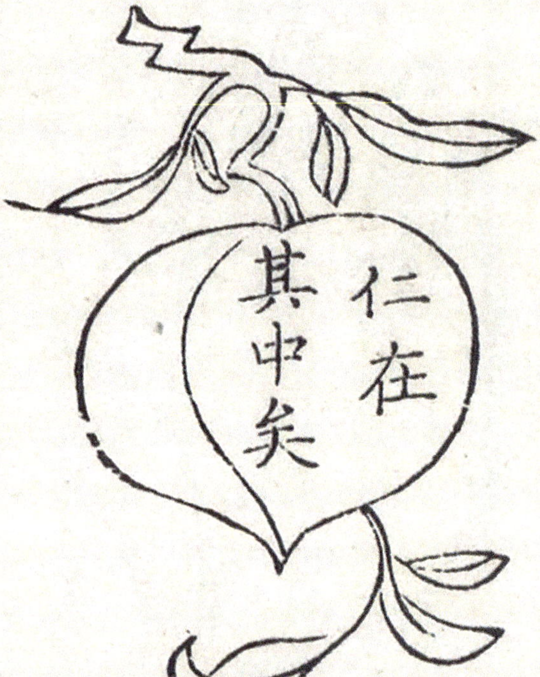
仁在
其中矣

九苞鳳夜鳴

四書一句

義

德行言語政事文學

四書一句

夫子之設科也

右徵角左宮羽

四書一句

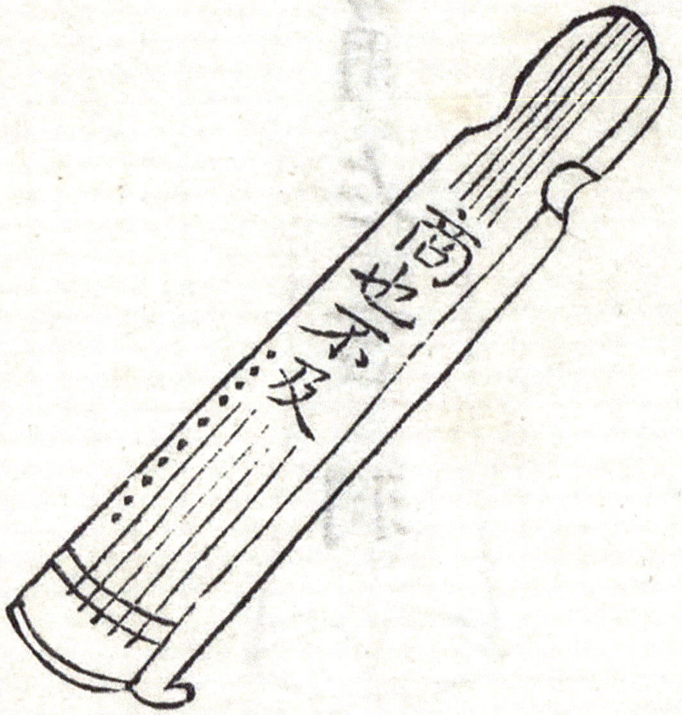
商也不及

秦王乃除逐客之令

四書一句

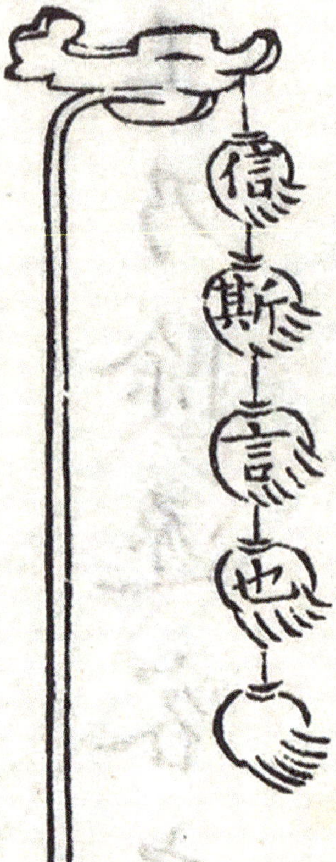
信
斯
言
也

天平

四書一句

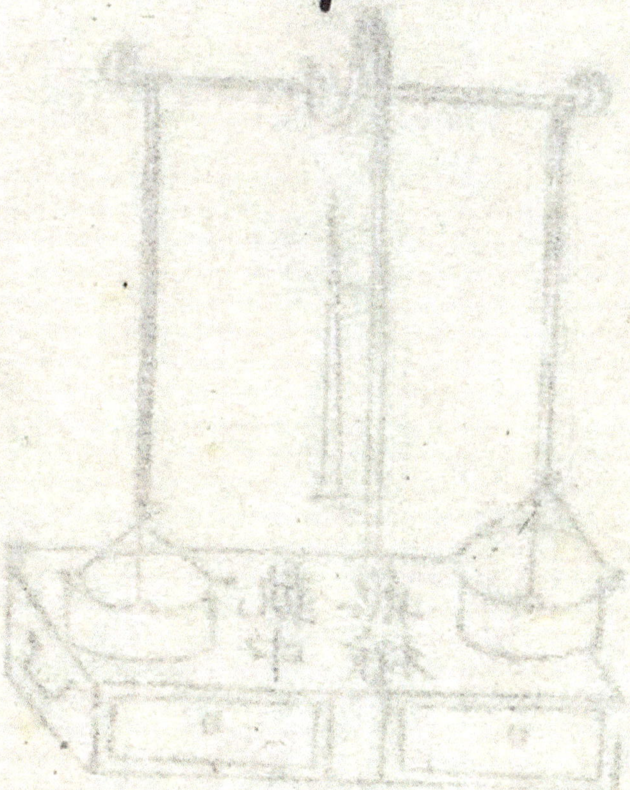

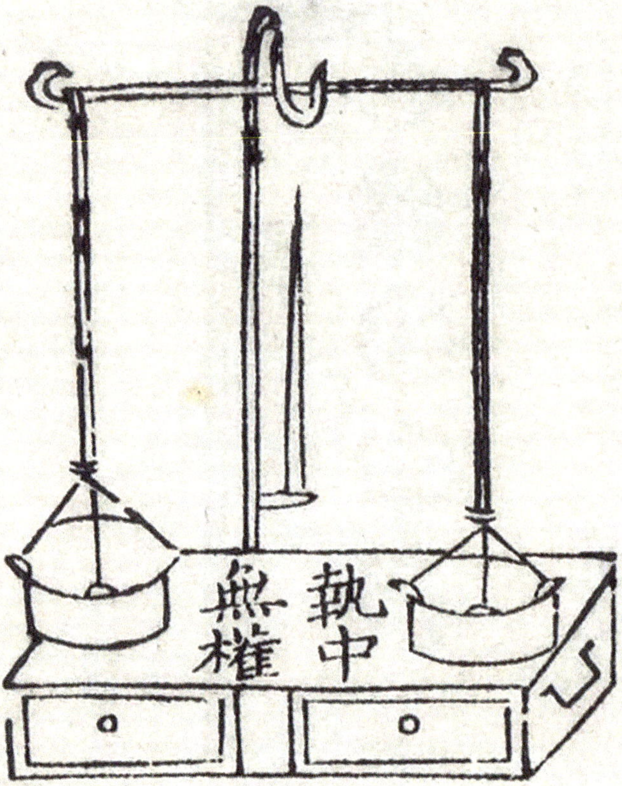
執中
無權

魏紫姚黄

四書一句

盡富貴也

流觴曲水

四書一句

下而飲

昭宣帝神位

四書一句

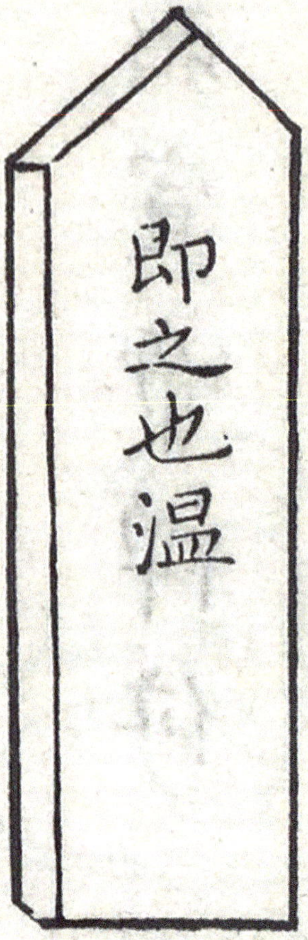
即之也温

琴譜

四書一句

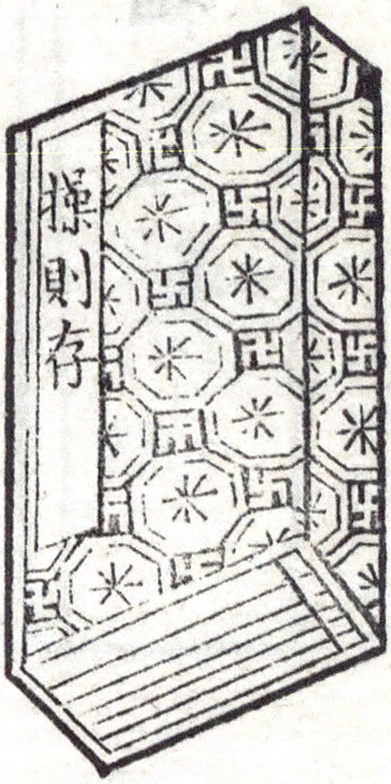
操則存

逼試

四書一句

親之欲其貴也

蟹

四書一句

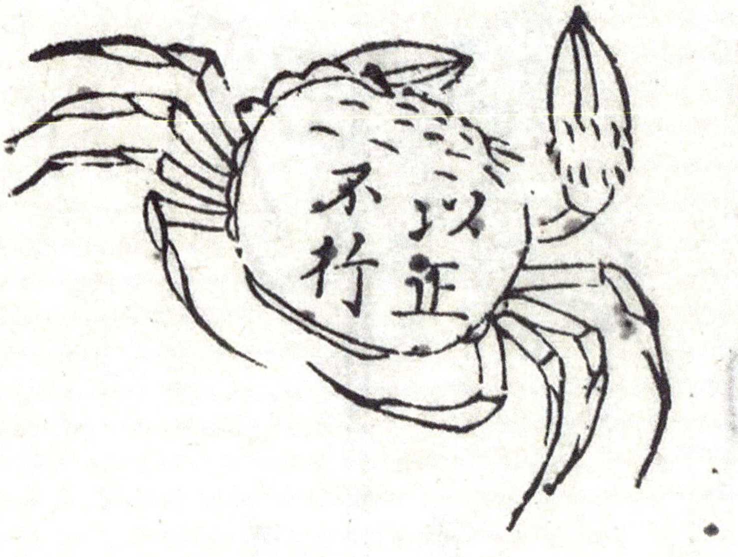
以正不行

翌

四書一句

見

◎

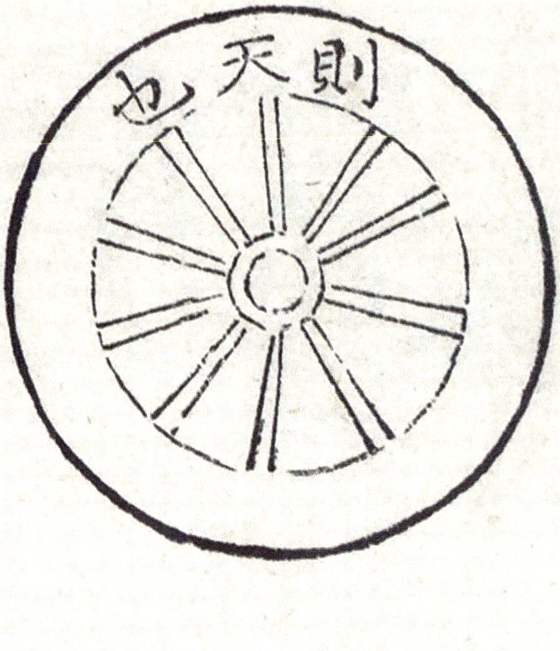
則天也

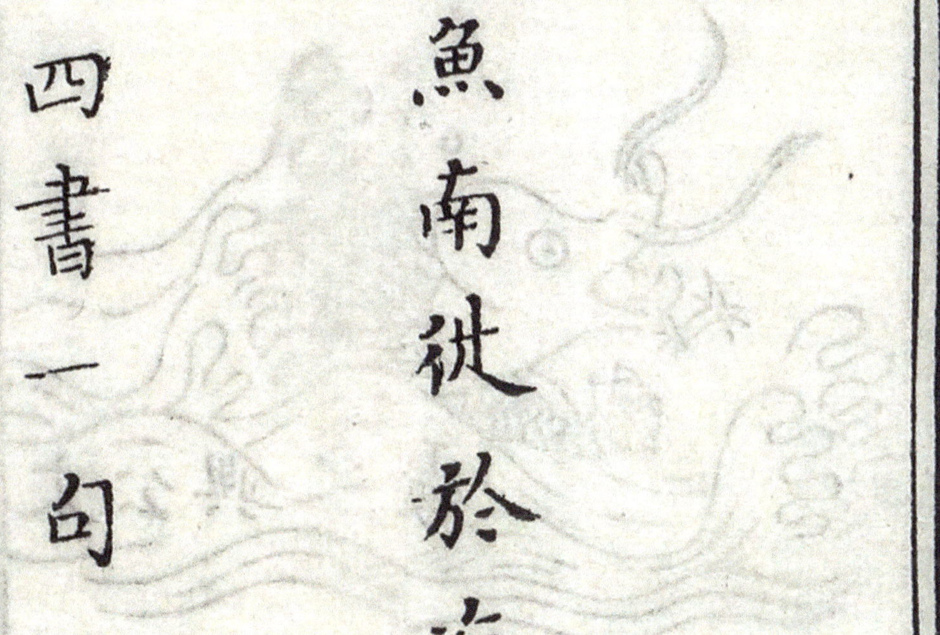

鱷魚南徙於海

四書一句

文公與之處

風帆

四書一句

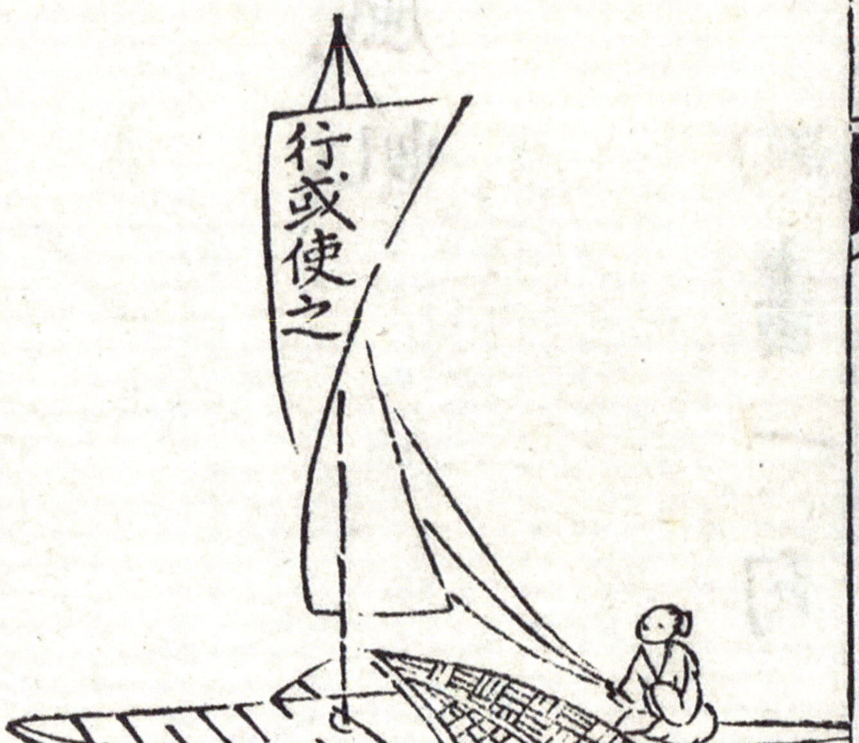
行或使之

◎

河鯉登龍門

四書一句

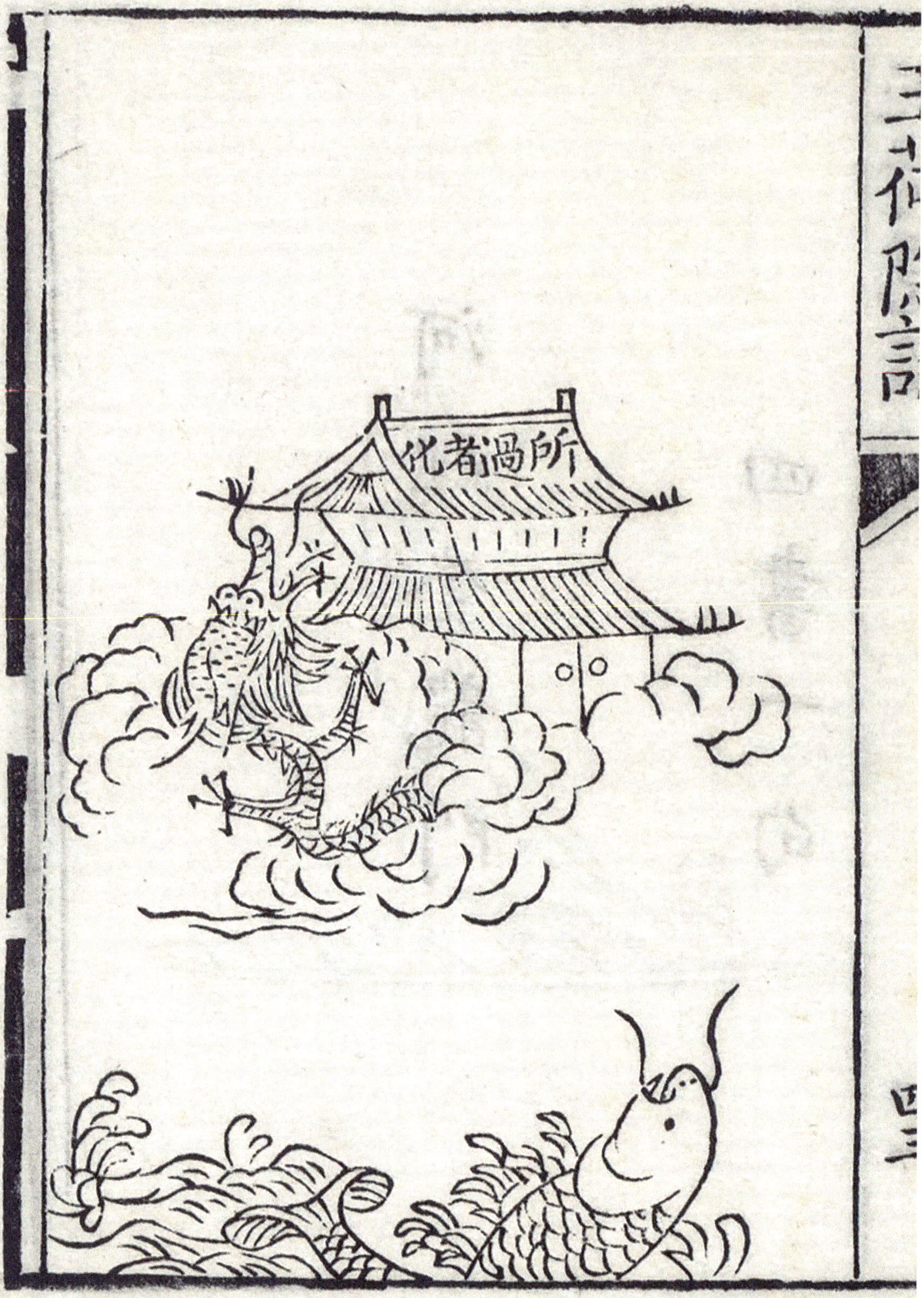
所過者化

譙鼓

四書一句

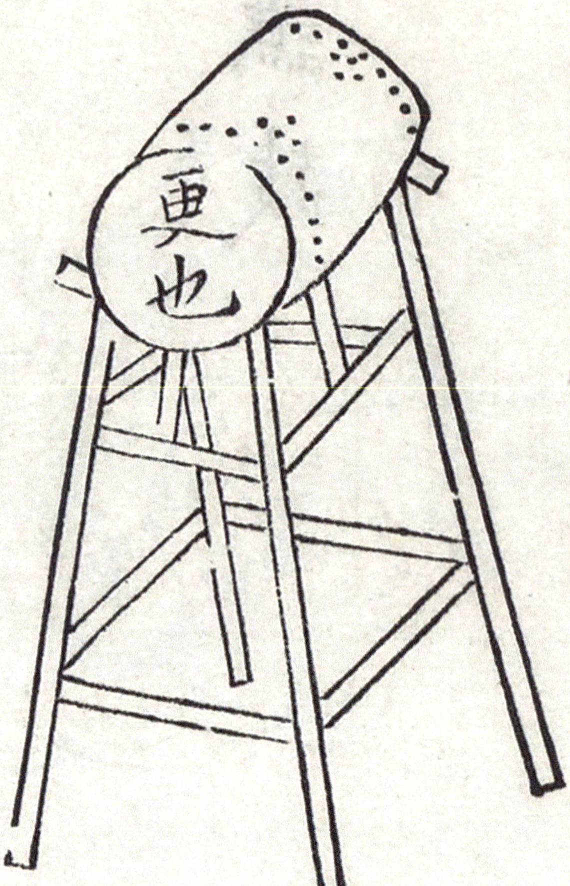
更也

老秀才

四書一句

廊會

四書二句

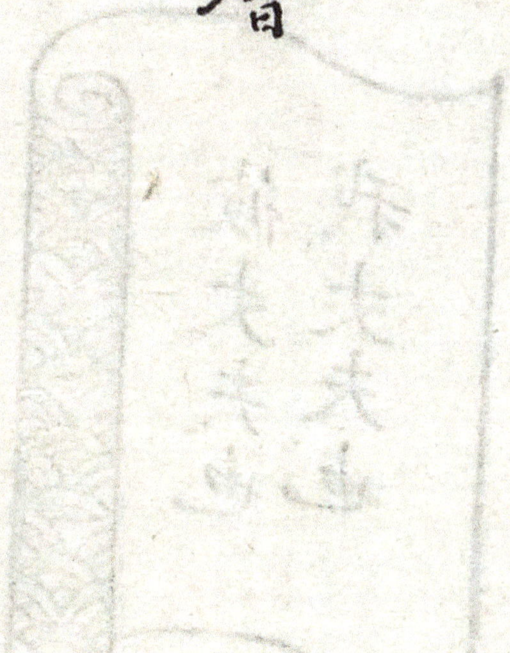

彼丈夫也
我丈夫也

守歲

四書一句

玉荷隱語卷一終

玉荷隱語卷二

莒南費源星田氏撰

樵子

左傳一句

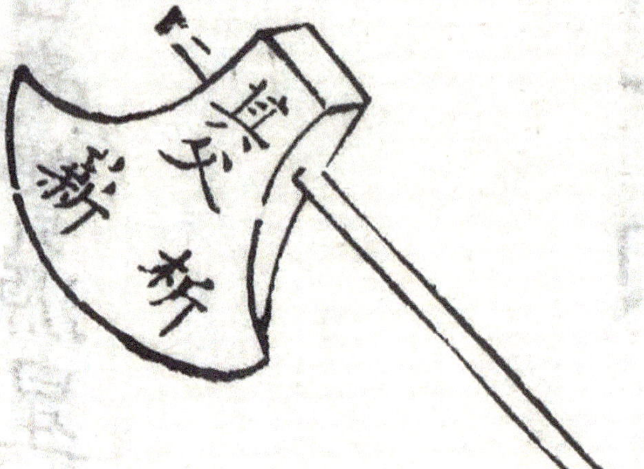
真予新
新

束帶立於朝

左傳一句

赤也可

漢獻帝末年

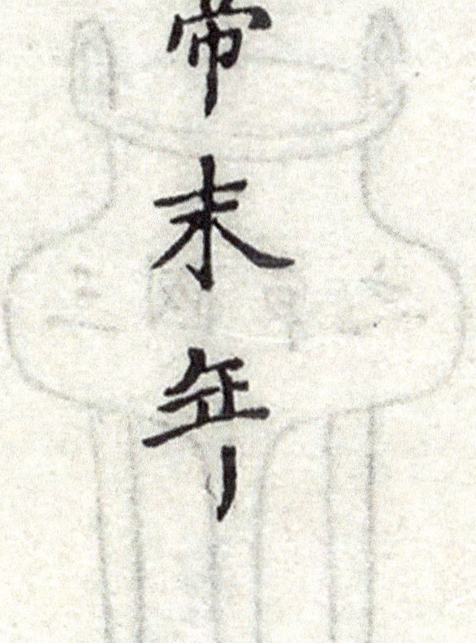

左傳一句

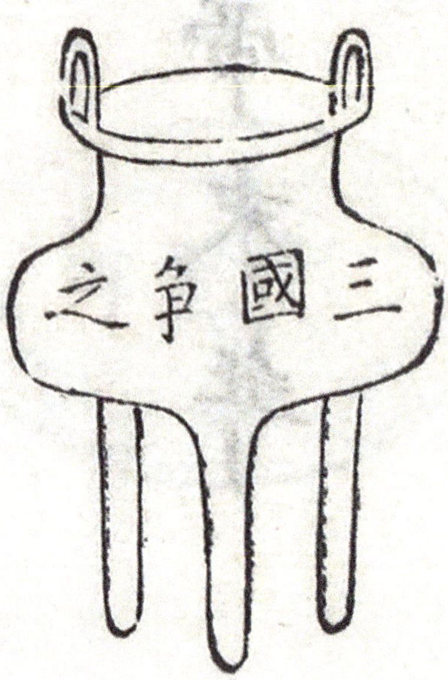
三國争之

惡言不入於耳

左傳一句

有山
然也

鴛鴦塚

莊子一句

化而為鳥

筋

國策一句

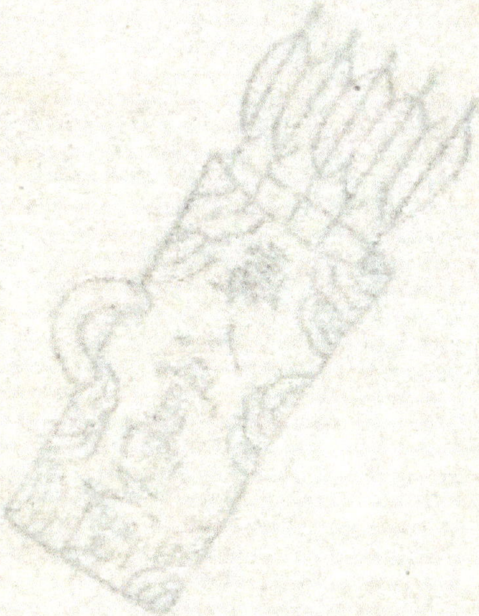

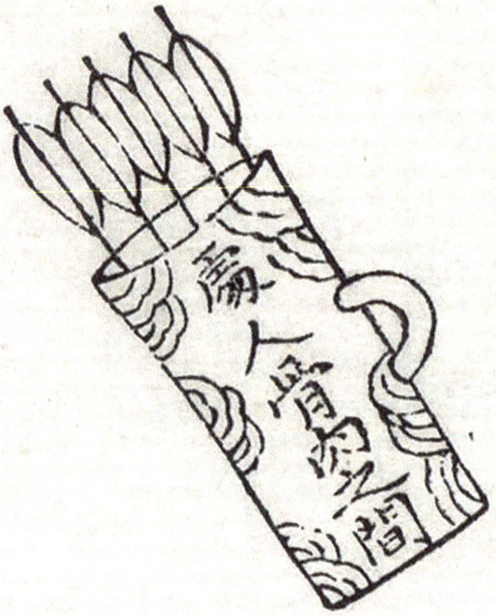

史記一句

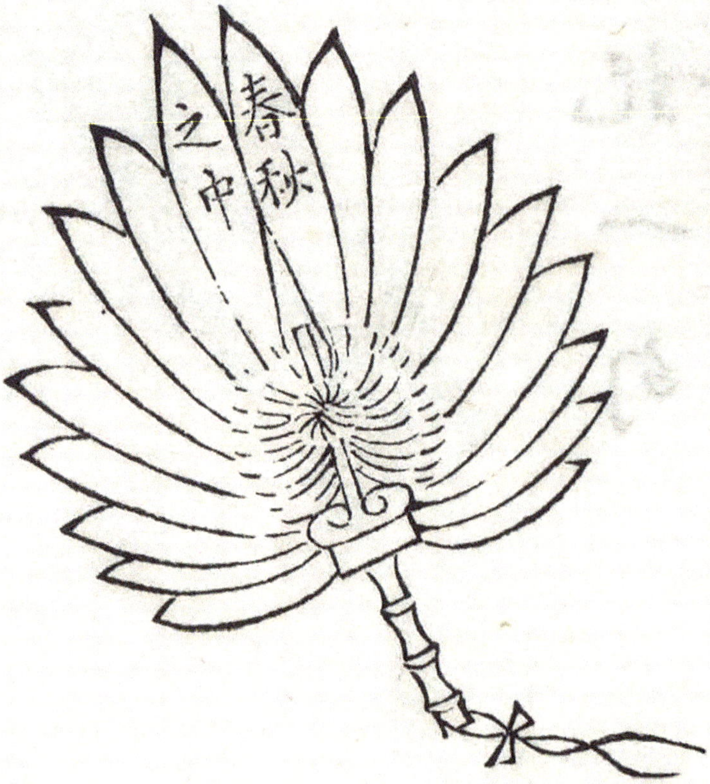
春秋
之中

跋

唐文一句

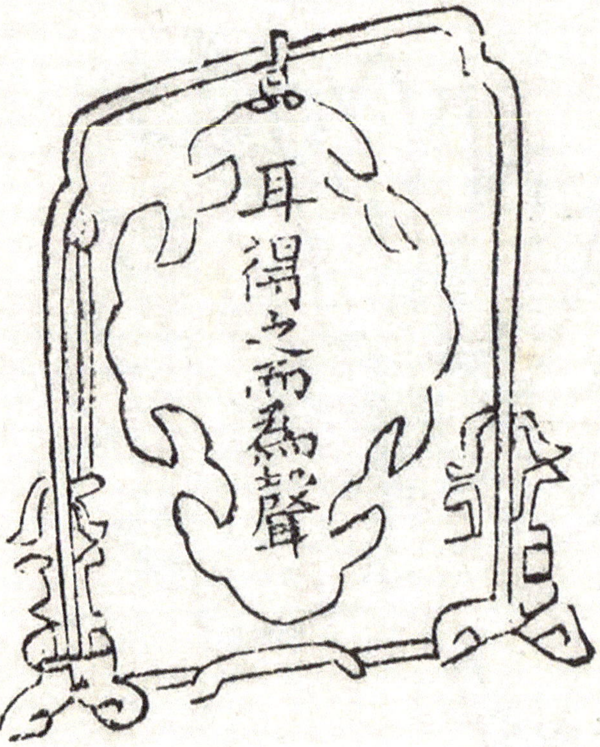
耳得之而為聲

兑

正蒙一句

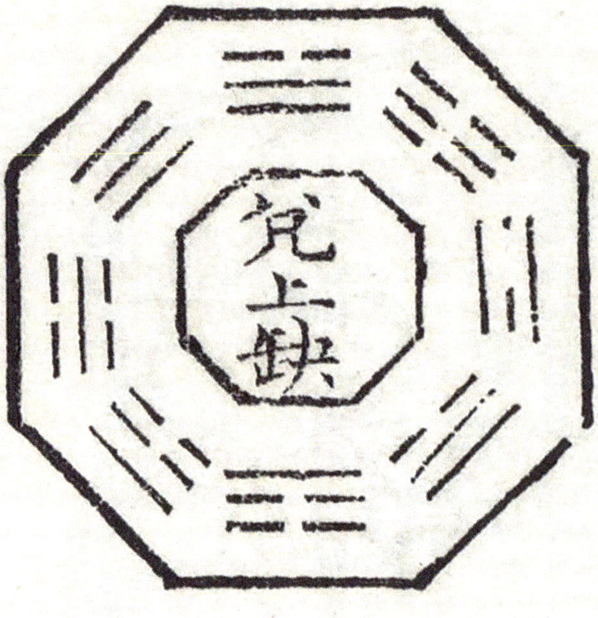
兌上缺

成

淮南子一句

成城於土

平心盃

武經一句

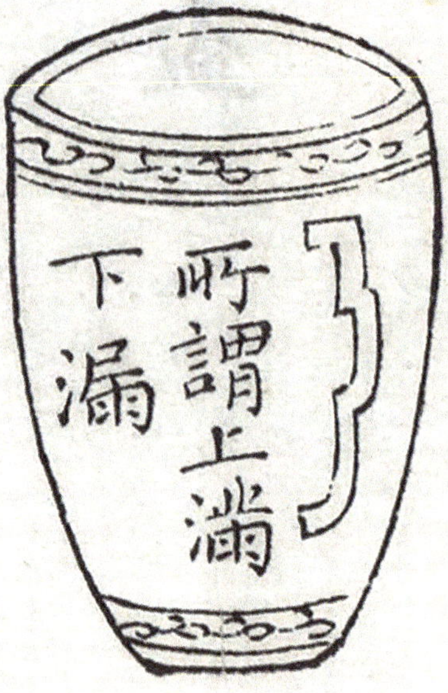
所謂上滿
下漏

剪桐戲苐

古人名

成封

天罡数

古人名

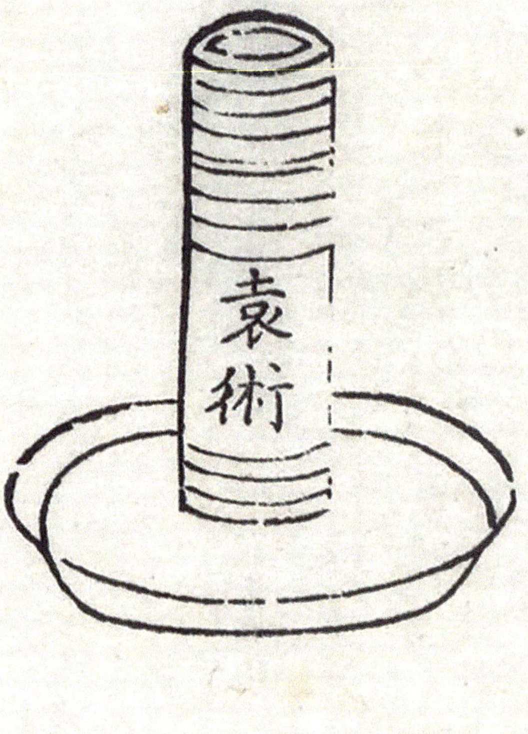
袁術

餽五十鎰而受

古人名

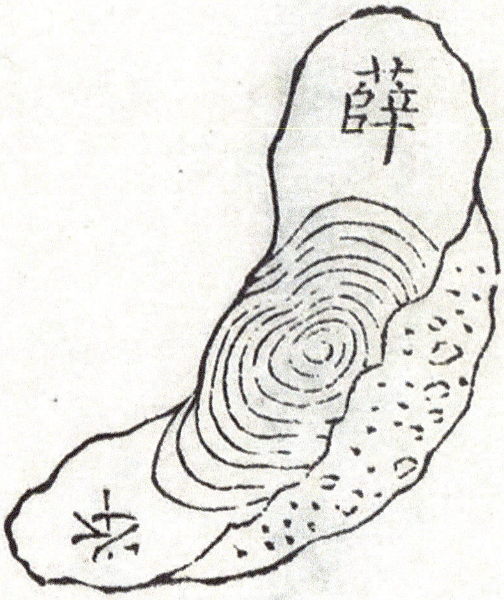
薛

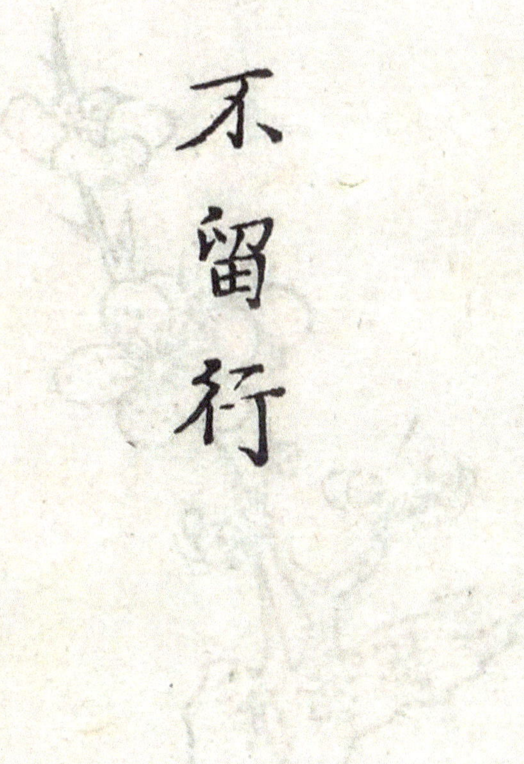

王不留行

古人名

孟浩然

算珠

古人名

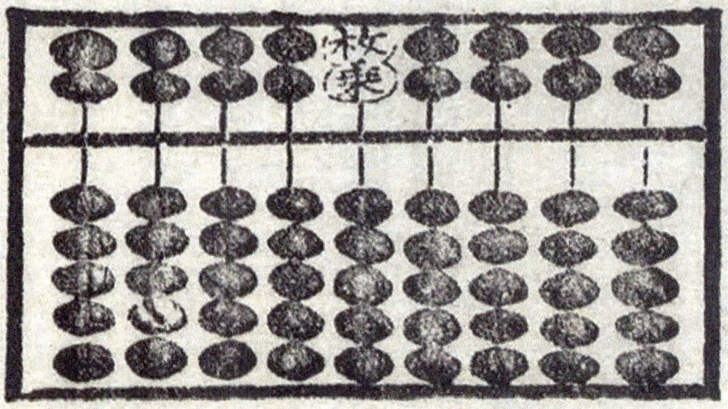
枚乘

經魁

古人名

伍

辨三家

古人名

夏
言

郡馬

古人名

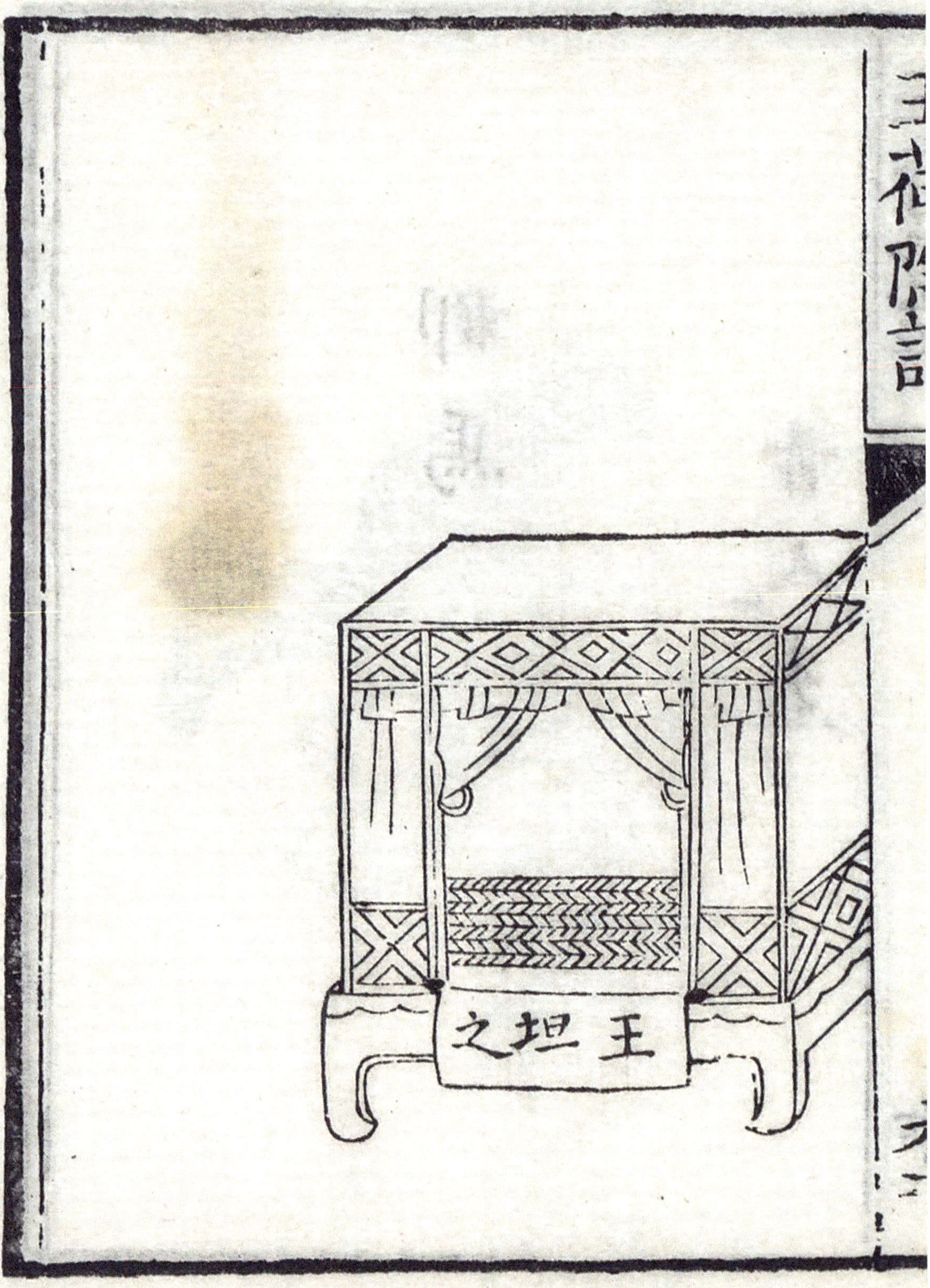
王坦之

泰伯

古人名

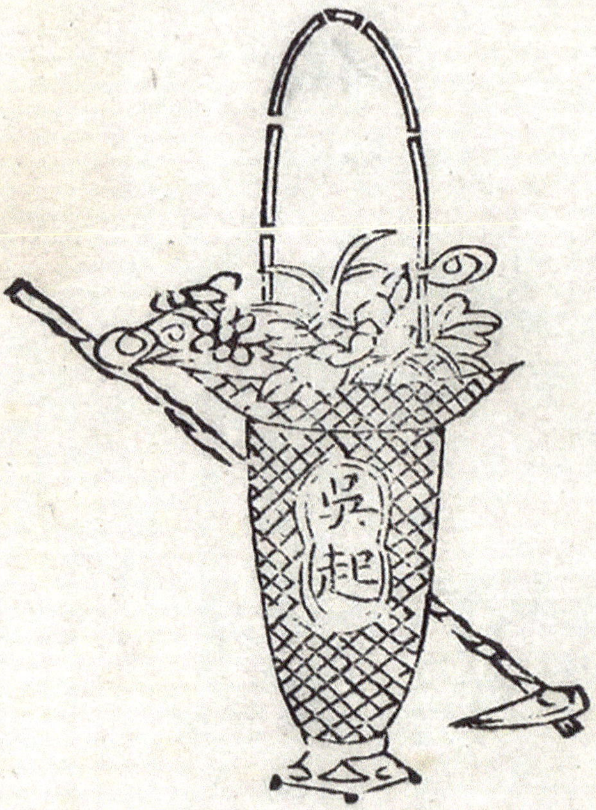
吳起

心喪三年

古人名

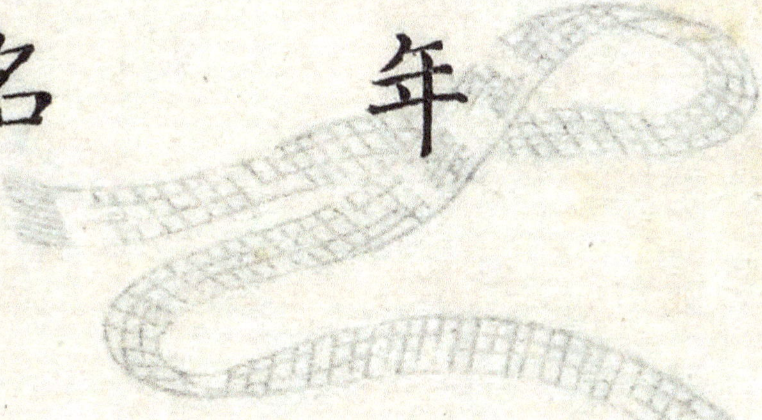

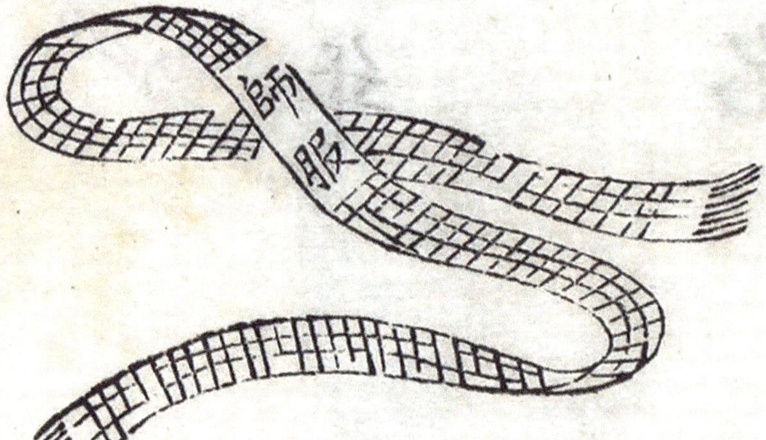
師服

沂

古人名

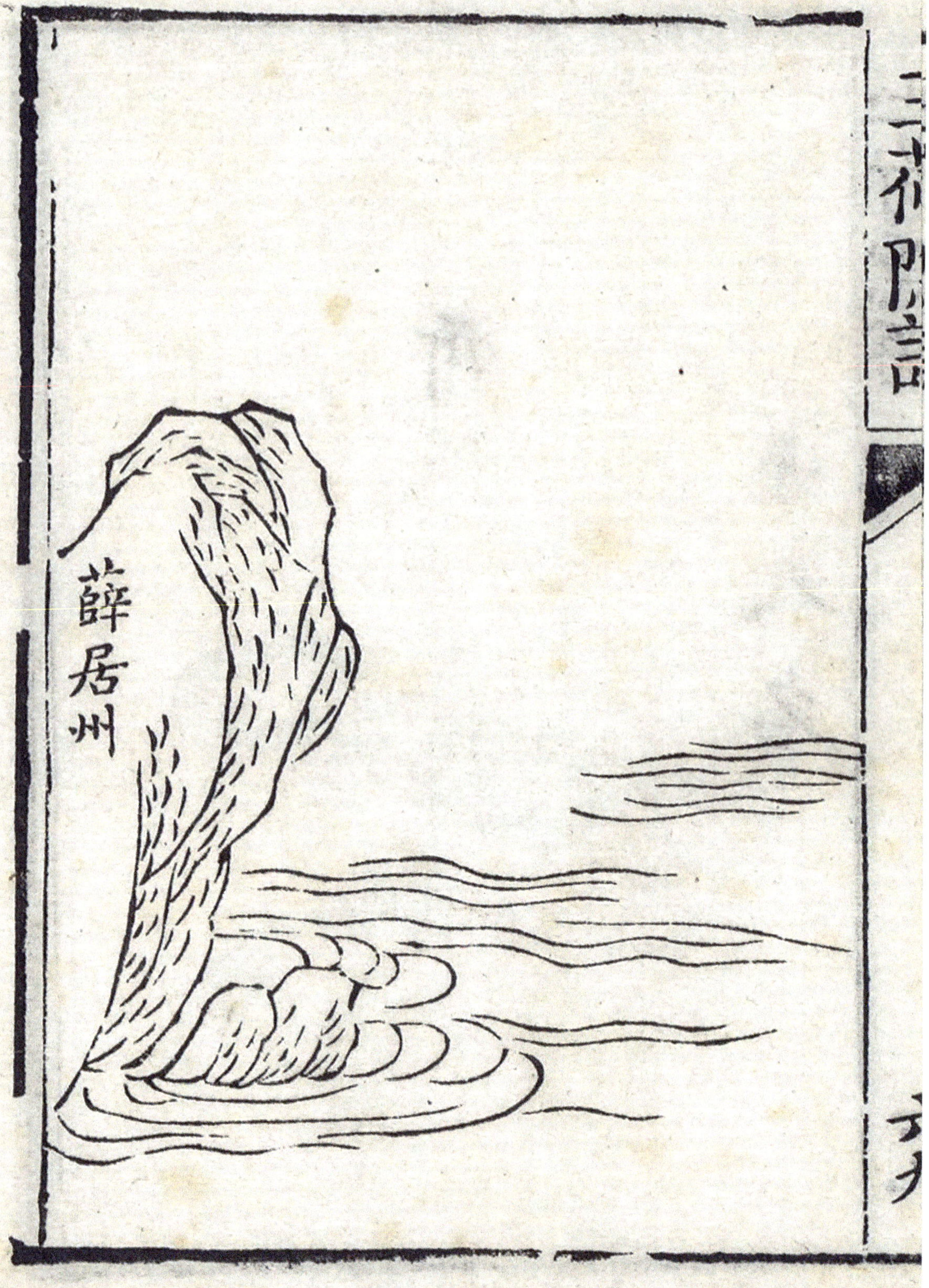
薛居州

沛國郡

古人名

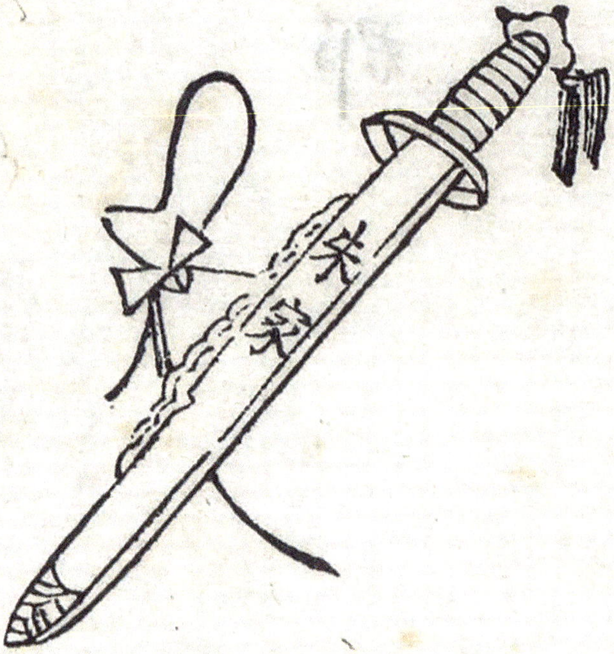
朱家

國寶流通

古人名

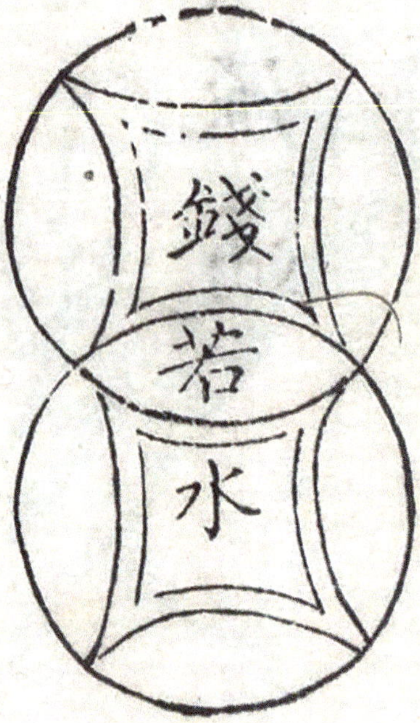
錢
若
水

阿房

古人名

秦宮

猴

古人名

玉荷隱語

鼠

古人名

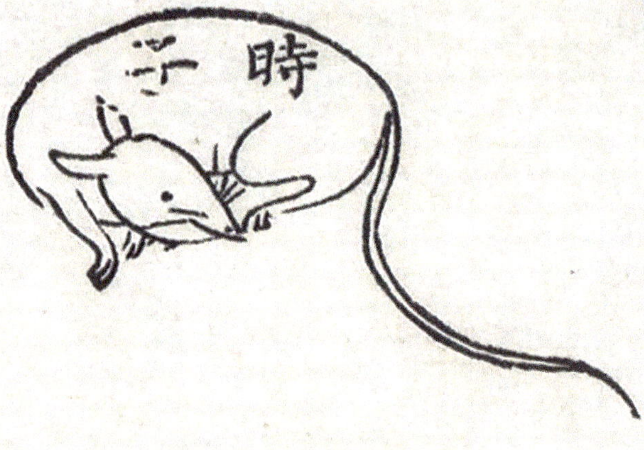
子時

嵩壽

古人名

祝萬齡

蕙

美人名

若蘭

芭蕉扇

美人名

葉紈

中常侍冠

美人名

貂

蟬

聞鈴

詞調名

憶真妃

小滿

詞調名

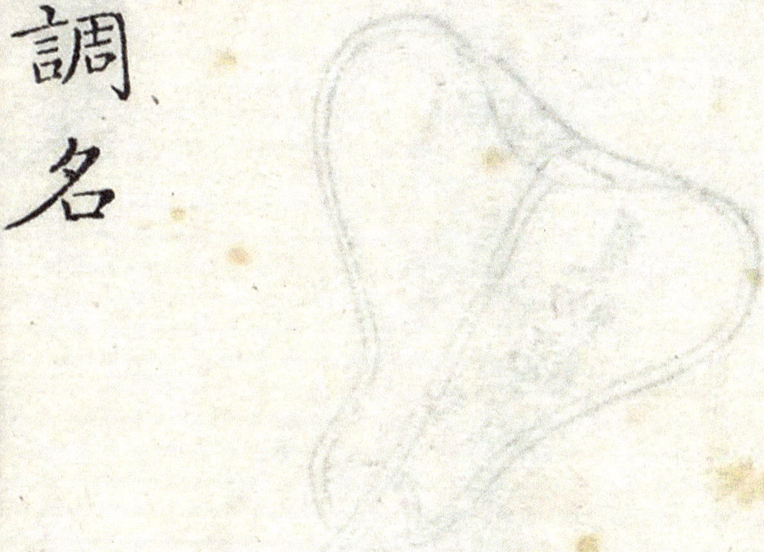

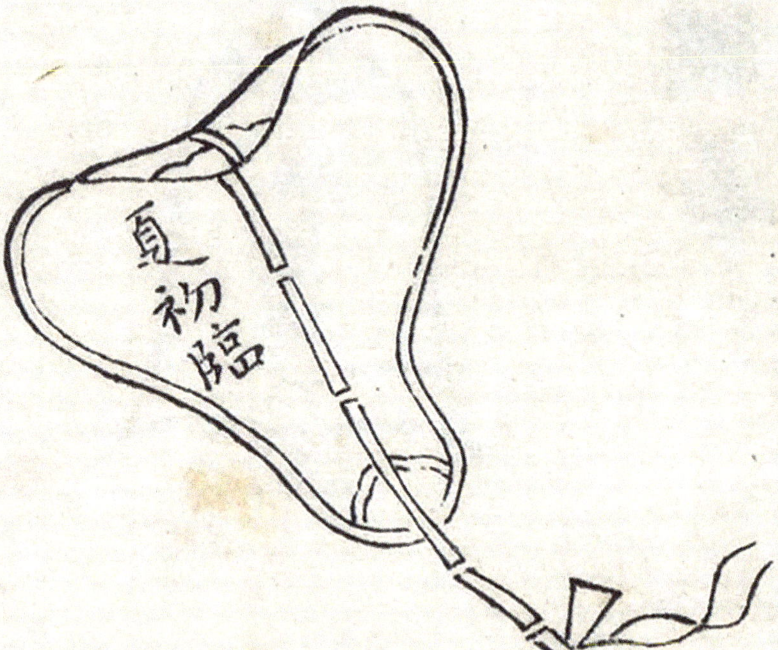
夏初臨

玉人何處教吹簫

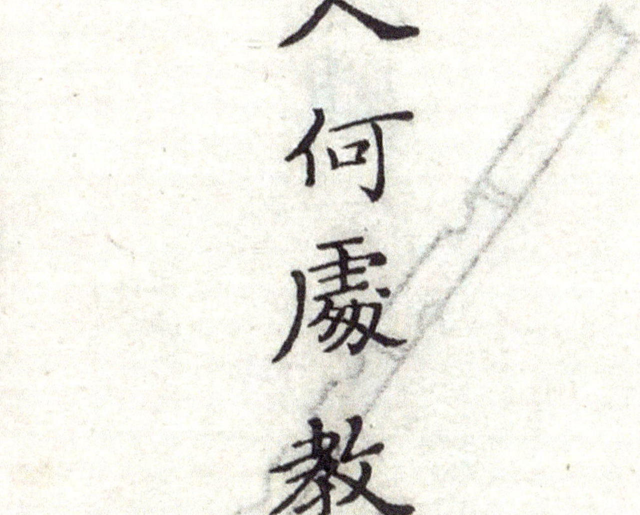

詞調名

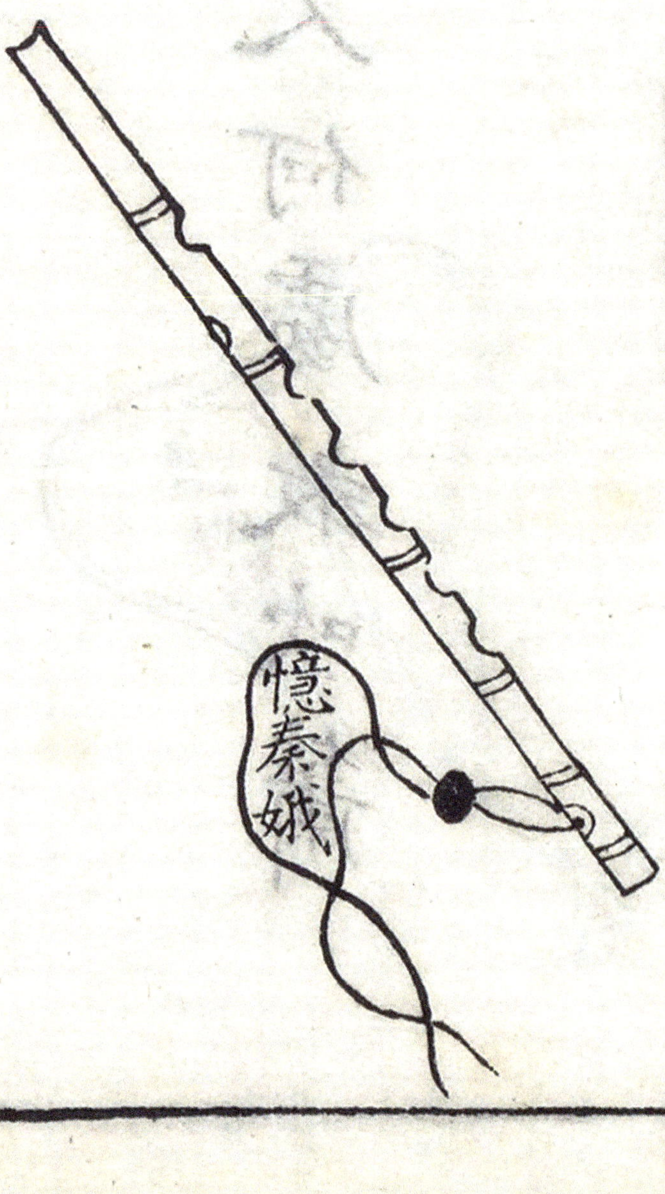
憶秦娥

佳期

詞調名

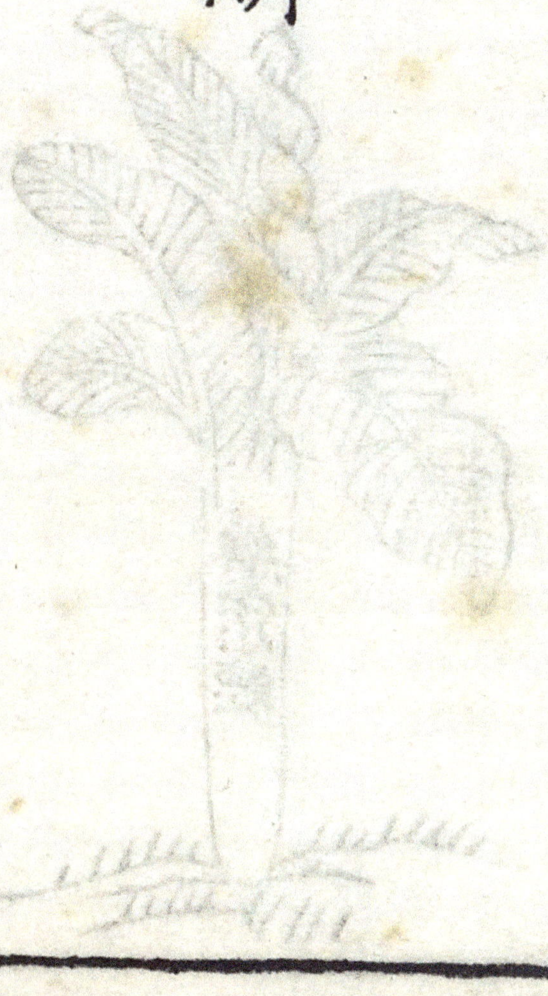

紅窓聽

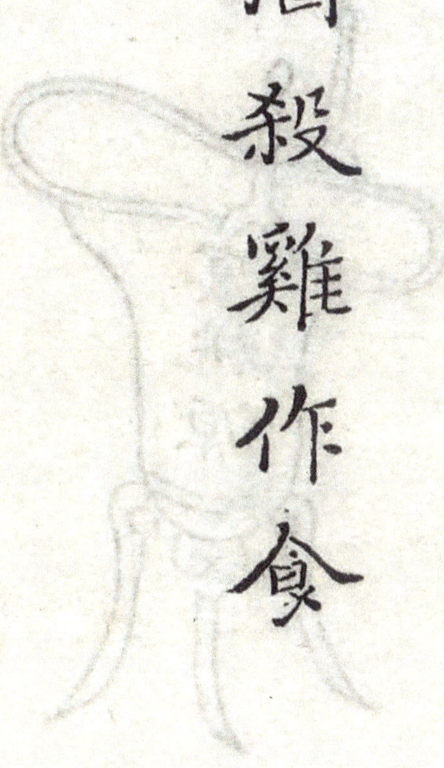

設酒殺雞作食

詞調名

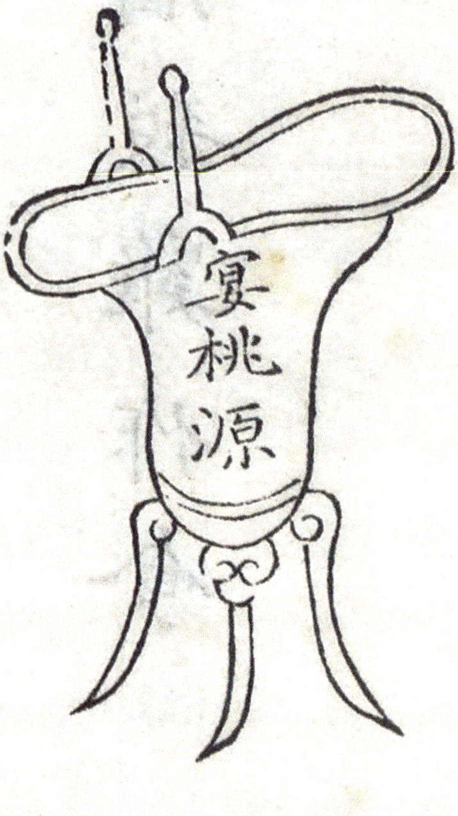
宴桃源

火焼赤壁

詞調名

滿江紅

季布

曲調名

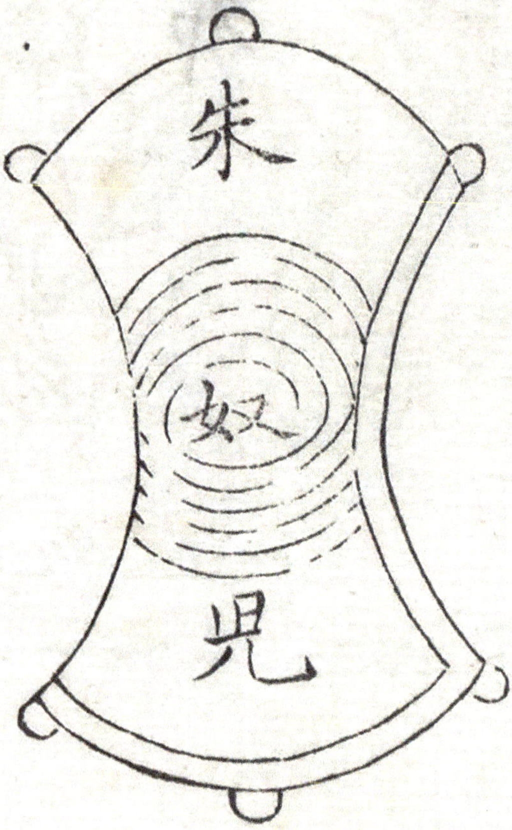
朱
奴
兒

終夜不寢

曲調名

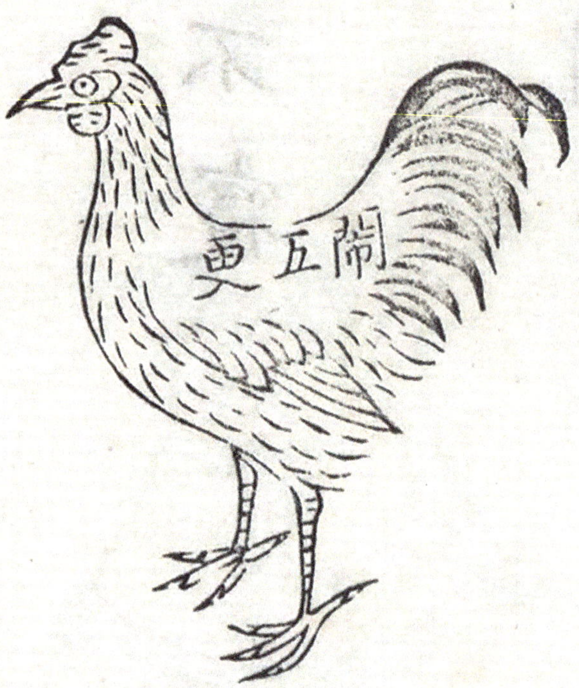
鬧五更

增

曲調名

一半兒

火牛

曲調名

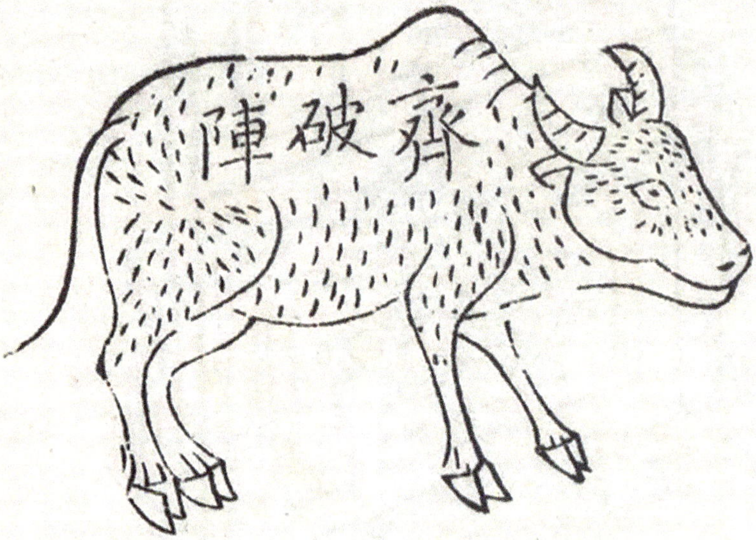
齊破陣

子慟矣

曲調名

泣顏回

吏

西廂一句

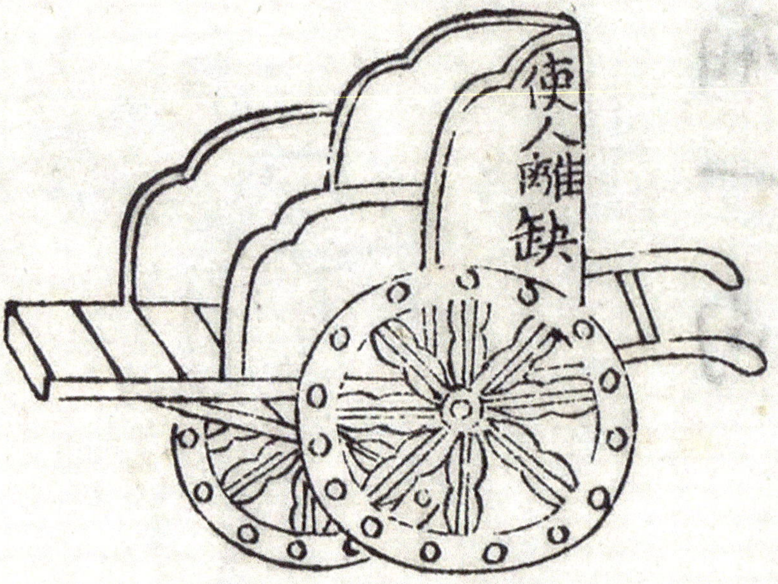
使人離缺

鵲橋

西廂一句

合
烏
乃
真

綽

西廂一句

繡鞋兒
剛半折

吾

西廂一句

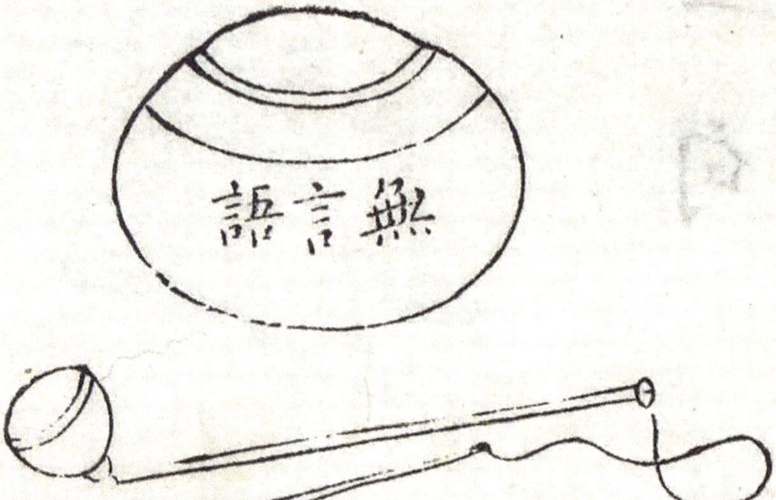
無言語

固

牡丹亭一句

個人無伴

◎

阱

地名

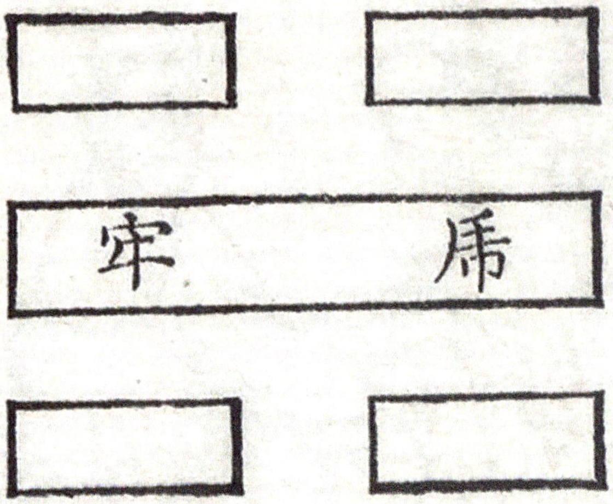
牢
乕

勇

藥名

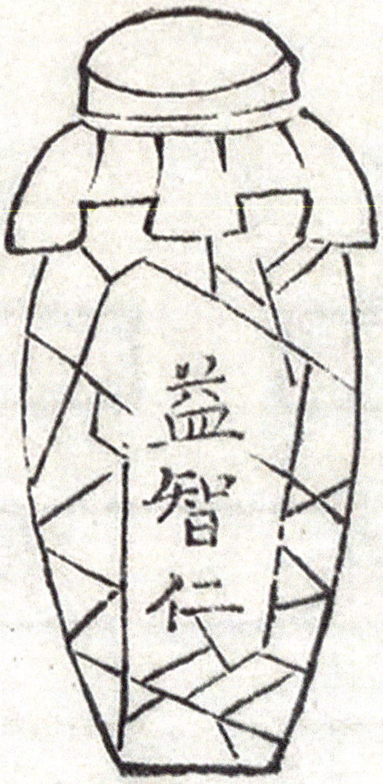
益智仁

斗柄北指

藥名

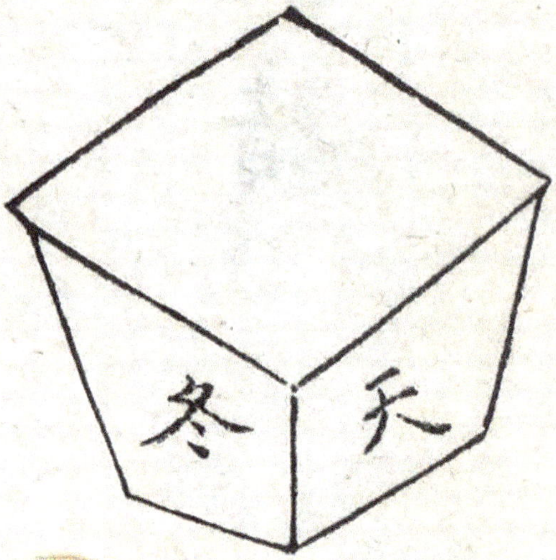
冬
天

牛鬭

藥名

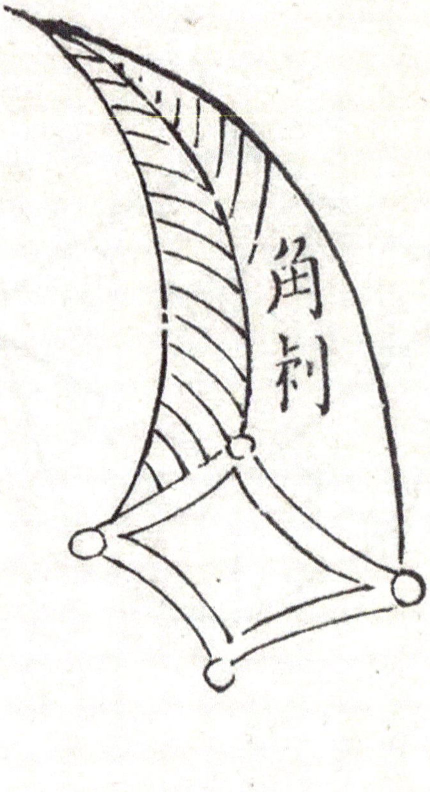
角刺

蓍

藥名

草决明

鸞膠

藥名

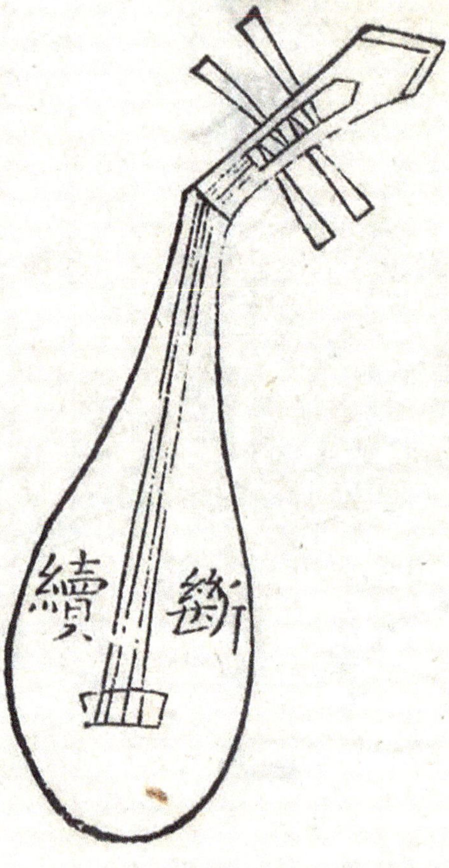
續
斷

尚父太尉中書令汾陽忠武王

鳥名

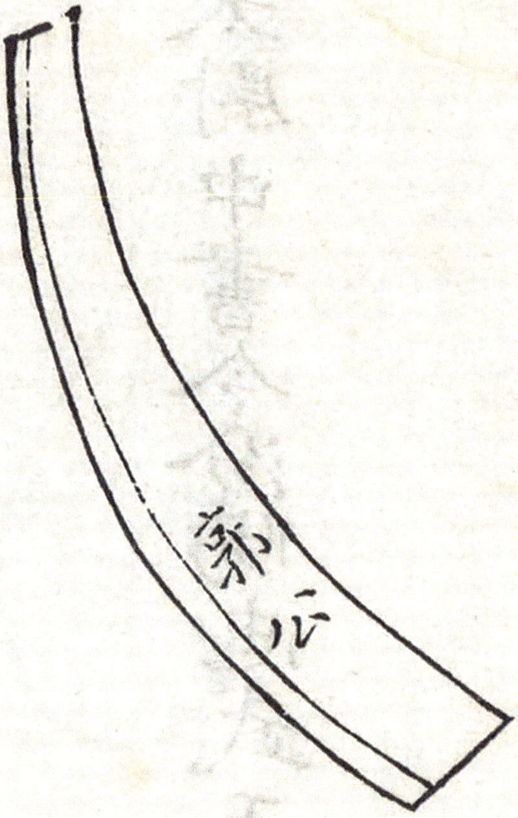
第六

牡丹亭

勸農

驚夢

離魂

圓駕

四鳥名

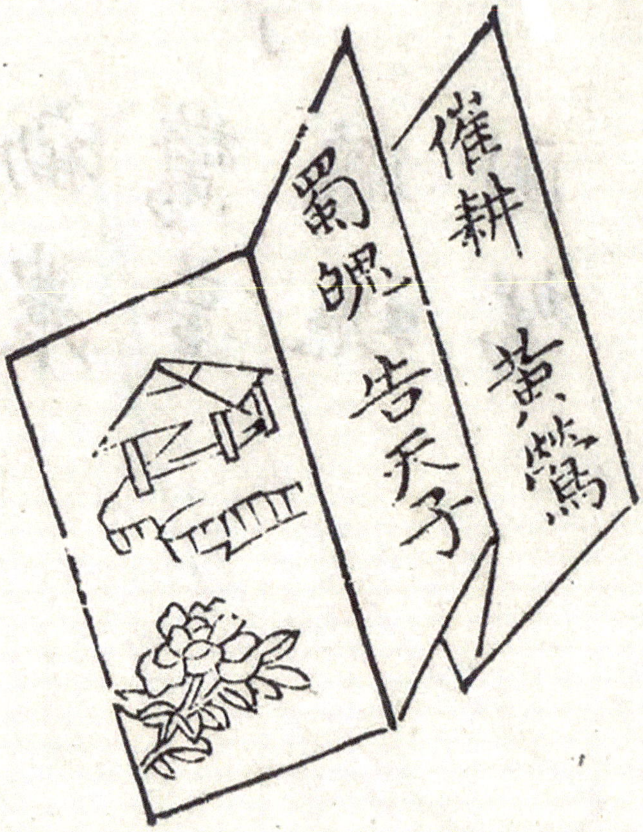
催耕 黃鶯
蜀魄 告天子

以羊易之

一字

絉

俗語二句

獨木不成林
单絲不成線

羊眼

俗語一句

玉荷隱語卷二終

羣珠集目次

易經　尚書
詩經　禮記
春秋　四書
周禮　左傳
韓文　莊子
詩序　古人名

美人名
曲調名
[illegible]名
樂名
一字

詞調名
西廂
官名
鳥名
菓名

群珠集卷一
作史通
易經一句
戊辰
易經二句

共知幾乎

天數五地數五

雁足繫書

易經一句

佳

易經一句

飛鳥遺之音

射雉一矢亡

伐東山阜落氏

易經一句

腹稿

易經一句

長子帥師

默而成之

兎了不来　易經一句

黃土　易經一句

止之

其位在中

鼻神亭　易經一句

履聲橐橐　易經一句

象在其中矣

危行之

楚子合諸侯於宂[illegible]

易經一句

鬱陶思君爾

易經一句

志在隨人

憂虞之象也

朝爲越溪女

易經一句

傷廉

易經一句

施未行也

盖取諸小過

出獵渭濱　易經一句

襁褓　易經一句

從有尚
係小哥

舊惡　易經一句

妄　易經一句

匪夷所思

其稱名也小

南仲　尚書一句

中興　尚書一句

合由以容

宣重光

輶軒陳詩

尚書一句

附耳躡足

尚書一句

載采采

髙乃聽

公孫瘞蔿商鞅
尚書一句

太顛閎天散宜生南宮适
尚書一句

弗庸殺之

亂為四輔

太甲　尚書一句

武成　尚書一句

乃祖成湯

文子文孫

一介嫡男奉槃匜以隨諸

御

尚書一句

醫國

尚書一句

越獻臣

方行天下

有嬀之後將育於姜

尚書一句

如見其肺肝然

尚書一句

丨陳惟若茲

相小人

二十四番花信

尚書一句

下湅蕃之榻

尚書一句

時乃風

孺子来相宅

女中堯舜

尚書一句

杜撰

尚書一句

后克聖

自作不典

晉閉之糴

尚書一句

疑女於夫子

尚書一句

惠不惠

民之戴商

鵝曳尚書一向

非實中心好吴也尚書一向

惟胥以沉

越在外服

桃

尚書一句

封伯禽於魯

尚書一句

白蒙

王亦周公後

婁護傳食五侯間

尚書一句

杖策軍門

尚書一句

作賓於王家

来禹

松濤　尚書一句

舍館定　尚書一句

樹之風聲

則克宅之

與驪姬譖羣公子
尚書一句

晉侯辭秦師而下
詩經一句

二五事

止於樊

紅蓼白蘋　詩經一句

檮杌　詩經一句

茗之華

南國之紅

淮海

詩經一句

登強臺

詩經一句

揚之水

以望楚矣

槎　詩經一句

賜之鴟夷而浮之江

詩經一句

上天之載

載胥及溺

武侯廟　詩經一句

廩辛　詩經一句

祀事孔明

武丁孫子

矩　詩經一句

張良蕭何韓信　詩經一句

四方爲則

邦之䌝矣

耳鳴　詩經一句

冉有僕　詩經一句

有聞無聲

我徒我御

庚斯追孺子

詩經一句

沉酣六籍

詩經一句

四矢反矣

誦言如醉

魯東門之外　詩經一句

陳相陳華　詩經一句

爰居爰處

二人從行

伯适　诗经一句

胆大如斗　诗经一句

士貳其行

維其有之

蛛網　詩經二句

仲　詩經一句

如彼飛蟲時亦弋獲

文王孫子

回殿　詩經一句

惜乎夫子之説

两節　詩經一句

曾且歸矣

與子成說

昱　詩經一句

公孫丁　詩經一句

下上其音

尹氏太師

袈裟　禮記一句

甲長　禮記一句

釋服

龜爲前列

晝居於内
禮記一句

夢長庚入懷
禮記一句

自在房

是爲白也母

王曰舍之　春秋一句

戰於垓下　春秋一句

乃免牛

滅項

紫禁　春秋一句

為私誓　春秋一句

城中城

公不與盟

愚公買山　四書一句

先號咷而後笑　四書一句

賁而隱

弔者大悅

晉滅偪陽　四書一句

葬晉文公　四書一句

小國不可以敵大

墨之治衰也

面如傅粉　四書一句

國士無雙　四書一句

何晏也

何謂信

白牡丹　四書一句

睢陽城　四書一句

素富貴

巡所守也

行年五十始知能學

四書一句

告其妾曰

四書一句

高叟之為詩也

語小

天下之良工也

四書一句

皇天后土實聞君之言

四書一句

亦奚以爲

以要秦穆公信乎

山童　四書一句

今女書　四書一句

無所取材

有弗行

一諾千金

四書一句

夢

四書一句

寓哉言乎

覺後知

沔陽漁家子　四書一句

矢于牧野　四書一句

羣珠集　四

友諒

征商

秦始皇本紀

四書一句

詐稱公子扶蘇

四書一句

政事

楚人勝

羣珠集卷一終

羣珠集卷二

九齡風度　四書一句

頭童齒豁　四書一句

堂堂乎張也

病愈

鑽穴隙相窺

四書一句

妻側目而視

四書一句

私覿

湘夫子

孟禧子　四書一句

祖伊奔告　四書一句

敬叔父

商聞之矣

衛巫　四書一句

左射貍首右射騶虞　四書一句

聽其言也厲

發而背中節

獅子吼　四書一句

封方百里之國　四書一句

河東亦然

其地同

奏凱

四書一句

臧武仲求後

四書一句

克告於君

為可繼也

日月麗乎天　四書一句

酷似其舅　四書一句

高明

舜之子亦不肖

逢人說項

四書一句

以季孟之間待之

四書一句

斯為美

夫子在三卿之中

遵海濱而處　四書一句

月令　四書一句

子為父隱

四時行焉

琶紗籠　四書一句

屎產　四書一句

為其為親與

晋之乘

維虺維蛇　周禮一句

泥馬　左傳一句

二曰瓦兆

康王跨之

智伯以國士待我我故以國士報之　左傳一句

卡　左傳一句

讓不忘其上

上下相蒙

良不可　左傳一句

縱而來歸而又縱之　左傳一句

吾奚御哉

兩釋疊因

嫂不為炊　左傳一句

負笈　左傳一句

秦饑

將尋師爲

管仲不死　左傳一句

不傳於賢而傳於子　韓文一句

生夷吾

以官爲家

杜鵑枝上杜鵑啼

莊子二句

士

詩序一句

其一能鳴其一不能鳴

在心爲志

春寒賜浴華清池

古人名

鳥覆翼之

古人名

温太真

来護晛

嚴顏　古人名

圉人牧人　古人名

張釋之

司馬牛

首夏猶清和

古人名

淮陰侯傳

古人名

宛春

紀信

得太公陰符之謀

古人名

虎賁脫劍

古人名

秦觀

畢戰

塗山玉帛　古人名

日月無私照　古人名

貢禹

公明高

河鯉登龍門　古人名

無欲速　古人名

游騰

徐達

先生其有遺行與
古人名

年年二三月
古人名

傅瑕

常遇春

瞻望兄号

古人名

請三刻而踰之

古人名

顧況

遲任

勿藥有喜　古人名

齊國之士　古人名

霍去病

姜才

歸去来兮

古人名

道許行之言

古人名

陶田

陳代

浮家泛宅　古人名

納甲　古人名

張載

文適

奉公子糾

古人名

載祀六百

古人名

仲忽

卜商

還定三秦
古人名

太康
古人名

劉基

祖禹

從門間而窺其夫

古人名

明河在天

古人名

張良

高澄

盡東其畝
古人名

用矛入齊師
古人名

田横

冉猛

三千人為一大朋

古人名

齊風

古人名

周黨

姜詩

不忮不求何用不臧

古人名

午

古人名

許由

駒支

陰符經　古人名

曾孫來止　古人名

吕公著

太公望

衲衣　古人名

四國皆有分　古人名

寺人披

康與之

諸大夫皆曰賢

古人名

太甲顛覆湯之典刑

古人名

滿朝薦

長孫無忌

武公迎太子宜臼立之
古人名

隧
古人名

鄭安平

王章

朋友之交也

古人名

門

二古人名

第五倫

文在中 成閔

示　二古人名

瘋　二古人名

有子成季

棄疾成風

騕　二古人名

⿰田且　二古人名

要離馬成

無且田單

貓兒眼　美人名

七擒孟獲　美人名

綠珠

南之威

人約黃昏後
美人名

觀其眸子
美人名

夜來

盻眹

隋宫剪綵　詞名

封熊繹於楚　詞名

花非花

南鄉子

衛長君于

曲調名

前漢書

西廂一句

青哥兒

兄妹為之

捉月　西廂一句

恙　西廂一句

圍住廣寒宮

義斷恩絕

飛来峯
地名
方里而井井九百畆
地名

羽山

古田

七月七日長生殿夜半無人私
語時　官名

君子兵　官名

玉環同知

士師

雍州　藥名

箕　藥名

地黄

天南星

把上老人
藥名
小人勿用
藥名

黄者

使君子

事父母幾諫

鳥名

萬里橋西一草堂

鳥名

子規、

杜宇

螢　一字

維虺維蛇　一字

花

姚

清新庾開府俊逸鮑參軍

一字

虞世南

巢名

皆

荔子

羣珠集卷二終